왜 역사 제대로 모르면 안 되나요? – 선사 시대 • 고조선

왜 역사 제대로 모르면 안 되나요? - 선사 시대 · 고조선

1판 1쇄 펴냄 2014년 12월 29일

지은이 정유리
그린이 조삼
편집 박경화, 최민경, 황설경, 이은영, 유나리
마케팅 송만석, 한아름

펴낸이 하진석
펴낸곳 참돌어린이

주소 서울시 마포구 독막로 15길 3-13
전화 02-518-3919
팩스 0505-318-3919
이메일 book@charmdol.com
신고번호 제313-2011-157호
신고일자 2011년 5월 30일

ISBN 978-89-97592-68-5 64800

선사 시대 · 고조선

정유리 지음 · 조삼 그림
김봉수 · 배성호(전국초등사회교과모임 공동 대표) 감수

참돌어린이

2015학년도부터 적용되는 초등학교 교육 과정의 초등 역사과에서는 선사 시대와 고조선에 대해서 선사 시대의 생활과 문화를 파악하고 고조선 성립의 의미를 이해하는 것을 중심에 두고 있어요.

이 책《왜 역사 제대로 모르면 안 되나요? - 선사 시대·고조선》은 초등학생이 꼭 알아야 할 선사 시대의 이야기와 고조선의 역사를 제대로 다루고 있어요. 초등 교육 과정을 충실하게 만족시키면서 보다 새로운 방식으로 역사에 접근하고 있지요.

이 책은 아득히 먼 선사 시대 사람들의 생활 모습을 유물과 유적을 통해 생생하게 살필 수 있다는 점이 매력적이에요. 특히 사람들의 역사만이 아니라 한반도 생명의 역사도 다룬 점이 돋보인답니다. 사람들이 발 딛고 사는 지구의 역사를 살피면서 생각을 키워 갈 수 있기 때문이에요. 불을 사용하고, 요리를 시작하고, 사냥을 시도하면서 사람들의 생활이 달라지고 새로운 역사가 시작되는 이야기들을 읽다 보면 자연스럽게 선사 시대 사람들의 생활과 문화를 살펴볼 수 있어요.

나아가 이 책에서는 고조선이 어떻게 세워지고 발전했는지 재미있는 이야기를 통해 우리 역사의 시작을 흥미진진하게 알려 줘요. 또한 이후 생겨난 여러 나라가 어떤 특징을 갖고 발전했는지 다채로운 인물과 생생한 이야기를 통해 알려 주고 있어요. 이렇게 흥미진진한 이야기를 읽다 보면 멀게만 느껴졌던 오래전 우리 역사가 어느새 가깝게 다가온답니다.

우리 어린이들이 꼭 알아야 할 선사 시대와 고조선의 역사 이야기를 다루고 있는 이 책을 통해 신 나고 재미있는 역사 공부를 시작해 보세요!

김봉수, 배성호

차 례

부록

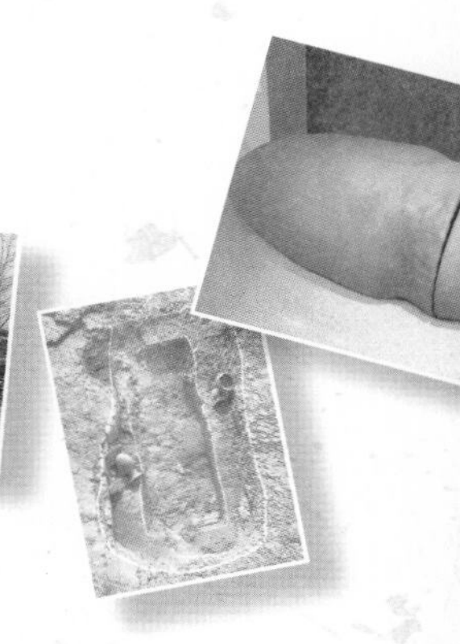

생명의 역사

지구에는 언제부터 생물이 살았나요?

지구의 나이는 몇 살일까요? 과학자들은 지구의 나이를 약 45억 살로 예측하고 있어요. 이처럼 기나긴 역사를 지닌 지구에 처음으로 생물이 나타난 것은 언제일까요?

지구 최초의 생명체는 약 35억 년 전에 바다에서 태어났어요. 가장 먼저 태어난 생물은 박테리아와 같은 원시 생명체였어요. 원시 생명체가 지구의 주인으로 지낸 지 약 30억 년이 지나자 갑자기 생물의 종류와 수가 폭발적으로 늘어나기 시작했어요. 이를 '캄브리아기 대폭발'이라고 해요. 지구의 역사는 캄브리아기 대폭발을 기준으로 나뉘어요. 캄브리아기 대폭발이 일어나기 전은 선캄브리아대이고, 그 후는 고생대, 중생대, 신생대로 나뉘지요.

캄브리아기 대폭발을 겪은 생물들은 진화를 거쳐 다양한 종으로 뻗어 나갔어요. 그 결과 고생대에는 어류, 양서류, 파충류가 나타나고, 중생대에는 공룡이 등장했어요. 신생대에는 포유류와 인류의 조상들이 지구에 모습을 드러냈지요.

하지만 아쉽게도 지금은 그 시기의 생물들을 거의 볼 수 없어요. 대부분의 생물들이 멸종되었기 때문이에요. 질긴 생명력으로 살아남은 생물이 있다고 하더라도 진화를 거듭하는 동안 처음의 모습과는 많이 달라졌지요. 그래서 우리는 화석을 통해서만 머나먼 옛날, 지구에 살았던 생물들의 모습을 엿볼 수 있답니다.

그런데 아직도 처음 모습 그대로 우리 곁에서 살아 숨 쉬는 생물이 있어요. 바로 은행나무예요. 은행나무는 약 2억 년 전인 중생대에 처음 나타나 지금까지 본래의 모습을 유지하며 지구에 살고 있어요. 주변에서 흔히 볼 수 있는 은행나무를 '살아 있는 화석'이라고 부르는 이유는 바로 이 때문이랍니다.

중생대의 한반도

우리나라에 공룡 발자국이 있다고요?

영화 〈쥬라기 공원〉에는 티라노사우루스, 벨로키랍토르 등 다양한 공룡이 등장해요. 공룡들은 거대한 몸집, 날카로운 이빨, 사나운 울음소리로 사람들을 두려움에 떨게 만들었지요. 그런데 이렇게 무시무시한 공룡이 한반도에 살았다면 믿을 수 있나요?

공룡은 지금으로부터 2억 3,000만 년 전, 중생대에 처음 등장했어요. 중생대의 한반도는 초식 공룡과 육식 공룡, 하늘을 나는 익룡까지 다양한 공룡이 어울려 사는 그야말로 공룡 천국이었어요. 공룡 천국 한반도의 모습은 과연 어떠했을까요?

경상남도 고성군의 상족암에 가면 중생대의 공룡들이 남긴 발자국을 볼 수 있어요. 바닷가 바위 위에 줄지어 연결된 250여 개의 공룡 발자국 외에도 고성군에는 5,000여 점에 이르는 공룡의 흔적들

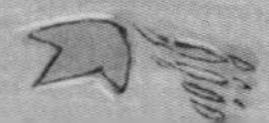

이 있어요. 지역 전체가 공룡 박물관인 셈이에요. 이를 인정한 세계 학자들은 상족암을 세계 3대 공룡 발자국 화석지로 지정했어요.

공룡의 흔적을 발견할 수 있는 곳은 또 있어요. 경기도 화성시에서는 머리와 코에 뿔이 달린 초식 공룡의 화석이 발견되었어요. 화성시에서 나온 공룡 화석은 한국의 화성시에서 발견된 뿔 달린 공룡이라는 의미로 '코리아케라톱스 화성엔시스'란 이름을 얻었어요.

또한 전라남도 해남군 우항리에서는 익룡의 발자국이 발견되었어요. 해안을 따라 이어진 우항리층에서 발의 길이가 무려 35센티미터나 되는 익룡의 발자국이 40여 개가 발견되었지요. 날개의 길이는 약 10미터에 이를 것이라고 추측해요.

지구에 살았던 생물 가운데 가장 큰 몸집을 자랑하는 공룡은 아직도 많은 부분이 비밀에 감춰져 있어요. 공룡의 흔적을 다양하게 품고 있는 한반도가 세계 학자들의 큰 관심을 받는 것도 이 때문이지요. 아직도 한반도 어딘가에 숨어 있는 공룡 화석들이 모두 나타난다면 아마 공룡에 얽힌 수많은 비밀이 밝혀지지 않을까요?

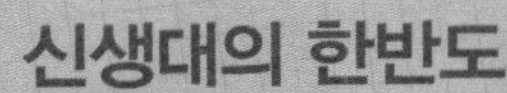

신생대의 한반도

수만 년 전의 나뭇잎 모양을 알 수 있다고요?

6,500만 년 전, 공룡 천국인 중생대가 막을 내리자 식물의 시대인 신생대가 시작되었어요. 신생대의 한반도는 어떤 모습이었을까요? 그 모습을 알고 싶다면 경상북도 포항시 금광리로 가면 돼요. 금광리에는 약 2,000만 년 전 한반도에 살았던 식물들이 화석으로 남아 있거든요.

금광리의 화석 지대는 오래된 책을 차곡차곡 쌓아 놓은 듯한 모양을 하고 있어요. 자세히 살펴보면 나뭇잎 화석을 찾아볼 수 있지요. 잎의 모양을 자세히 관찰할 수 있을 정도로 나뭇잎 화석의 모양이 매우 선명해요. 이 나뭇잎들은 2,400만 년 전 신생대에 살았던 나무의 것이에요. 그렇게 오래전에 살았던 나무의 잎이 어떻게 썩지 않고 멀쩡하게 남아 있는 것일까요?

비밀은 화석에 있어요. 나뭇잎이 호수나 바다의 밑바닥에 묻히면 그 위로 오랜 시간 동안 진흙이 차곡차곡 쌓여 지층을 이루게 돼요. 무거운 지층 속에 눌린 나뭇잎은 흙 속으로 사라져도 그 흔적은 단단하게 굳어져 화석이 되는 것이지요. 그 후로 나뭇잎 화석은 아무도 모르는 지층 속에서 수천, 수만 년의 시간을 보내요. 그리고 지각 변동에 의해 갑자기 땅이 솟아오르고 바람과 비에 지층이 깎이면 비로소 모습을 드러내지요. 바로 금광리의 화석처럼 말이에요. 화석이 되면 아무리 오랜 시간이 지나도 본래의 모습이 남는답니다. 그래서 우리는 화석을 통해 옛날의 동식물이 어떤 모습으로 지구에 살았는지 짐작할 수 있어요.

자, 그럼 나뭇잎 화석을 통해 신생대의 금광리 모습을 상상해 볼까요? 금광리에는 잎이 넓적한 참나무가 가장 많았어요. 하얀 껍질을 가진 자작나무도 보였지요. 그 외 사시나무, 가래나무, 단풍나무 등 다양한 나무가 어울려 잎사귀를 흔들고 있었어요. 싱그러운 나무들로 가득 찬 푸른 숲, 신생대의 금광리가 눈에 그려지지 않나요?

인류의 진화

원숭이가 우리의 조상이라고요?

사람은 지구에 언제 나타났을까요? 수많은 고고학자는 세계 곳곳에 흩어져 있는 고대 사람의 뼈를 모아 인류가 어떻게 변해 왔는지 연구했어요. 그 결과, 지구 최초의 인류는 지금으로부터 약 300만 년 전에 나타난 것으로 밝혀졌어요.

지구에 처음으로 나타난 인류는 '오스트랄로피테쿠스'예요. 오스트랄로피테쿠스는 남쪽의 원숭이라는 뜻인데 생김새가 사람보다 원숭이에 가까워 붙여진 이름이지요. 하지만 두 발로 당당히 걸어 다녔기 때문에 원숭이가 아닌 '지구 최초의 인류'라는 영광스러운 이름을 얻을 수 있었어요.

그 이후에 등장한 인류는 약 200만 년 전에 살았던 '호모 하빌리스'예요. 호모 하빌리스는 오스트랄로피테쿠스보다 더욱 정교하게 손을 쓸 줄 알았기 때문에 손을 쓰는 사람이라는 뜻의 이름이 붙여졌어요. 그리고 약 160만 년 전, 호모 하빌리스보다 발달한 인간인 '호모 에렉투스'가 나타났어요. 곧선 사람이라는 뜻의 호모 에렉투스는 돌아다니기를 좋아해 먼 지역까지 이동했어요. 이 때문에 아프리카, 인도네시아, 유럽, 중국 등 세계 곳곳에서 그 흔적이 발견되었답니다. 이들은 불을 발견한 최초의 인류로도 유명해요.

우리의 직접적인 조상이라고 할 수 있는 인류는 약 40만 년 전에 나타났어요. 바로 슬기로운 사람이라는 뜻의 '호모 사피엔스'예요. 호모 사피엔스는 말싸움을 할 수 있을 정도로 언어를 사용하는 능력이 매우 뛰어났어요. 그렇다면 현재의 인류는 어디에 해당될까요? 약 4만 년 전에 처음 나타난 '호모 사피엔스 사피엔스'에 속해요. 이들은 바위에 그림 그리는 것을 매우 즐겼다고 해요.

인류는 끊임없이 진화를 거듭해 현재의 모습에 이르렀어요. 그리고 현재의 모습 역시 진화의 한 과정에 속해 있답니다.

구석기 시대

울퉁불퉁 뗀석기

맨손으로 나무뿌리를 캐던 원시인은 흙 속에 숨겨져 있던 날카로운 돌에 손을 베였어요. 아직 도구를 사용할 줄 몰랐던 사람들의 손에는 상처가 아물 날이 없었지요. 사람들은 점차 주변에 있는 돌을 도구로 사용하기 시작했어요. 도구를 이용하자 전에 비해 손을 다치는 일이 훨씬 줄어들었지요.

이처럼 사람들이 돌로 만든 도구인 석기를 사용한 시대를 '석기 시대'라고 해요. 석기 시대는 크게 '구석기 시대'와 '신석기 시대'로 나뉘어요. 구석기 시대는 아직 다듬어지지 않은 거친 석기를 사용했던 시대이고, 신석기 시대는 좀 더 발전된 석기를 사용한 시대지요.

주먹 도끼

구석기 시대에는 깨뜨린 돌을 특별한 손질 없이 바로 사용했어요. 이 울퉁불퉁한 석기를 바로 '뗀석기'라고 하지요. 뗀석기를 만드는 방법은 다양했어요.

먼저 '모루떼기'는 돌을 큰 바위에 부딪쳐서 깨뜨리는 방법이에요. 구석기 사람들은 이렇게 해서 깨진 여러 조각의 돌을 쓰임새에 맞게 골라 사용했어요. '직접떼기'는 단단한 돌로 다른 돌을 때려서 깨뜨리는 방법이지요. '간접떼기'는 뼈나 뿔을 이용해 돌을 간접적으로 때리는 방식인데, 모루떼기나 직접떼기보다 석기를 더 정교하게 만들 수 있었어요. '눌러떼기'는 뿔같이 뾰족한 도구로 석기에 힘을 주어 돌을 자르는 방법이지요. 눌러떼기 방식을 이용하면 아주 작은 석기도 만들 수 있었어요.

구석기 사람들은 이렇게 다양한 방법을 통해 주먹 도끼와 찍개, 긁개, 자르개, 슴베찌르개 등 여러 가지 석기를 만들어 사용했어요. 특히 이 가운데 주먹 도끼는 찍는 날과 자르는 날을 모두 가지고 있어 구석기 시대의 만능 도구로 통했지요.

한반도의 원시인

덕천 사람과 역포 아이

한반도에는 어떤 사람들이 살았을까요? 한반도에서 발견된 사람의 흔적 가운데 가장 오래된 것은 덕천 사람과 역포 아이의 뼈예요. 덕천 사람은 평안남도 덕천시에서 나온 어금니와 어깨뼈에 붙여진 이름이고, 역포 아이는 평양시 역포 구역에서 나온 머리뼈에 붙여진 이름이에요. 역포 아이의 경우, 13세 정도 된 여자아이였기 때문에 '사람' 대신 '아이'라는 이름이 붙여졌어요.

덕천 사람과 역포 아이는 둘 다 언어를 사용할 줄 알았던 호모 사피엔스로 약 10만 년 전, 구석기 시대에 살았던 사람들이에요. 호모 사피엔스의 뼈는 덕천 사람과 역포 아이 외에도 또 있어요.

덕천 사람의 뼈가 발견된 덕천시 승리산 동굴에서는 또 다른 사람의 뼈가 나왔어요. 바로 승리산 사람의 아래턱뼈예요. 이 뼈를 연구한 결과, 승리산 사람은 35세 정도의 남자로 지금의 인류에 비해 턱의 높이가 더 높고, 두께 역시 더 두꺼웠던 것으로 드러났어요. 또, 평양 승호 구역의 만달리 동굴에서도 사람의 뼈가 나왔어요. 이 뼈의 주인을 만달사람이라고 불러요. 만달사람의 뼈는 머리뼈 1개, 아래턱뼈 2개, 팔뼈 1개, 골반뼈 2개, 넓적다리뼈 1개로 모두 7개가 발견되었지요. 만달사람은 긴 머리카락을 가진 25세에서 30세 정도의 남자로 아래턱뼈가 두껍다는 점에서 원시인의 특징을 지니고 있어요. 하지만, 머리뼈가 둥글고 이마가 높다는 점에서 지금의 우리와 같은 특징도 가지고 있었어요.

덕천 사람, 역포 아이, 승리산 사람, 만달사람 등 고대 사람들의 흔적은 역사적으로 매우 귀중한 자료예요. 이들을 통해 우리는 인류가 어떤 과정을 거쳐 지금의 모습에 이르게 되었는지 알 수 있기 때문이에요.

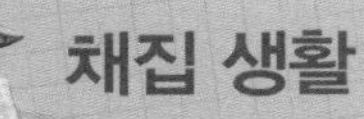

채집 생활

자연 속에 숨어 있는 먹을거리를 찾아서

엄마들은 먹을거리가 필요하면 시장이나 마트에 가서 장을 봐요. 그곳에는 채소부터 고기까지 없는 음식이 없어요. 그런데 시장이나 마트가 없었던 구석기 시대에는 사람들이 어떻게 음식을 얻었을까요?

아직 농사짓는 법을 깨치지 못한 구석기 사람들은 채집 활동을 통해 먹을거리를 얻었어요. 채집이란 산과 들을 돌아다니며 먹을거리를 마련하는 것을 말해요. 그냥 아무 데서나 풀과 과일을 따 먹으면 되지 않았느냐고요? 아니에요. 채집 활동은 생각보다 매우 어려웠답니다.

자칫 독뱀이 있는 곳으로 들어갔다가 독뱀에게 물려 죽을 수도 있었고, 독버섯을 모르고 먹었다가 크게 고생할 수도 있었어요. 또, 아직 익지 않은 과일을 생각 없이 따 왔다가는 먹지도 못하는 음식을 힘들게 들고 온 헛고생을 면할 수 없었지요. 그래서 채집을 앞둔 구석기 사람들은 서로 머리를 맞대고 고민을 했어요. 어느 곳에서,

무엇을, 어떤 도구로 채집할 것인지 계획했던 거예요.

계획을 세운 구석기 사람들은 여러 가지 도구를 준비했어요. 높은 나무에 달린 열매를 따기 위해 기다란 나무 막대와 땅을 파기 위해 돌도끼를 챙겼어요. 도구 준비까지 모두 마치면 경험이 많은 지도자가 앞장서 먹을거리가 많은 장소로 길을 안내했고, 사람들이 나란히 그 뒤를 따라갔어요.

그렇다면 구석기 사람들은 무엇을 채집해서 먹었을까요? 주로 산과 들에 있는 고사리, 밤, 도토리, 냉이 등 다양한 식물을 먹었어요. 그뿐 아니라 나무나 땅속에 사는 애벌레도 먹었고, 때로는 사냥을 통해 고기도 먹었어요. 구석기 사람들에게 자연은 그야말로 수많은 음식이 숨겨져 있는 사냥터나 다름없던 거예요.

구석기 시대의 사냥법

하이에나의 고기를 빼앗아라!

며칠째 풀만 먹은 구석기 사람들은 배가 고프고 힘이 없었어요. 채소와 고기 등 여러 영양소를 골고루 먹어야 건강할 수 있는 것은 구석기 시대에도 마찬가지였지요.

머릿속이 고기 생각으로 가득하던 때, 구석기 사람들 앞에 거대한 큰쌍코뿔소가 나타났어요. 그들의 눈에는 큰쌍코뿔소가 마치 두툼한 고기처럼 보였어요. 사람들은 서로 눈빛을 주고받고, 크게 소리를 지르며 큰쌍코뿔소를 향해 달려갔어요.

"와!"

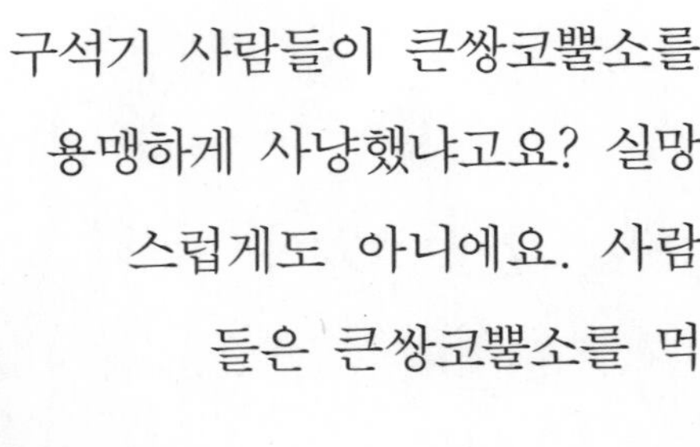

구석기 사람들이 큰쌍코뿔소를 용맹하게 사냥했냐고요? 실망스럽게도 아니에요. 사람들은 큰쌍코뿔소를 먹

고 있던 하이에나를 향해 마구 돌을 던졌어요. 그리고 하이에나들이 먹다 남긴 고기를 가로챘어요. 구석기 사람들의 사냥 방식은 이처럼 다른 동물들이 사냥한 먹이를 가로채는 방법으로 생각돼요. 기껏해야 돌멩이, 짐승 뼈, 나무 막대기 정도를 들고 다니는 구석기 사람들이 빠르고 힘이 센 동물들을 직접 사냥하기란 매우 위험했기 때문이에요.

하지만 먹을 것이 다 떨어지면 구석기 사람들은 위험을 감수하고 직접 사냥에 나섰어요. 사냥감이 나타나자 몇몇 사람들은 소리를 지르고 방망이를 휘두르며 사냥감을 한쪽으로 몰았어요. 저 멀리 다른 쪽에 있던 사람들은 사나운 맹수가 나타나 사냥감을 빼앗아 가지 않을까 망을 봤어요. 무기를 들고 기다리던 사람들은 구석으로 몰린 사냥감을 향해 막대와 돌도끼로 내려쳤어요. 마침내 사냥에 성공하면 구석기 사람들은 무거운 사냥감을 사이좋게 나누어 들고 가족들이 있는 동굴로 향할 수 있었답니다.

불씨를 지켜라!

불은 우리 생활에 매우 중요한 역할을 해요. 음식을 맛있게 요리할 수 있게 해 주고, 어두운 길을 밝혀 주기도 하며, 공기를 따뜻하게 데워 추위를 잊게 만들어 주지요. 그러나 불은 편리한 만큼 무서운 면도 가지고 있어서 매우 조심히 다뤄야 해요.

사람들은 자연 현상을 통해 불의 존재에 대해 처음 알게 되었을 것으로 생각돼요. 호기심을 갖고 불을 관찰하기 시작해, 40만 년이라는 시간이 흐른 뒤에야 비로소 불을 피울 수 있게 되었어요.

사람들은 부싯돌 두 개를 부딪쳐 불꽃을 만들었어요. 불꽃이 생겼을 때, 재빨리 마른 지푸라기를 가져다 대고 불씨가 붙도록 바람을 불어 넣었지요. 이처럼 단 두 개의 돌멩이로 불을 붙이기란 매우 어려운 일이었어요. 하지만 사람들은 인내심을 갖고 수십, 수백 번의 시도 끝에 마침내 불씨를 만드는 데 성공했어요. 이처럼 사람들이 불을 사용한 흔적 중 가장 오래된 것은 남아프리카 공화국 원더워크 동굴에 남아 있어요.

이 동굴에서는 약 100만 년 전, 호모 에렉투스로 추정되는 인류가 불을 사용했던 자리와 함께 불에 탄 식물의 재와 동물의 뼈가 발견되었어요. 우리나라에 살았던 구석기 사람들 역시 불을 사용했는데 공주 석장리 유적에 움집 안에서 불을 피웠던 증거가 남아 있지요.

불을 발견한 뒤, 사람들의 생활에는 큰 변화가 찾아왔어요. 불은 추위를 달래 주었고, 어두운 곳을 밝혀 주었어요. 그리고 무엇보다 가장 큰 변화는 음식을 익혀 먹게 되었다는 점이에요. 너무 질겨서 먹을 수 없었던 식물들도 불에 구우면 부드럽게 변했고, 고기 역시 불에 구운 것이 훨씬 맛있었어요. 지금의 우리에게는 당연한 불이 구석기 사람들에게는 엄청난 삶의 혁명을 가져왔답니다.

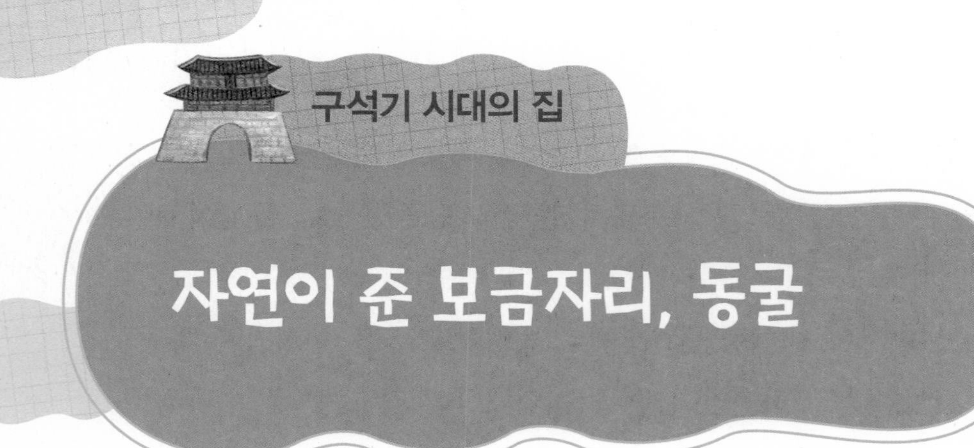

구석기 시대의 집

자연이 준 보금자리, 동굴

채집과 사냥을 마친 구석기 사람들은 지친 몸을 이끌고 터벅터벅 어디론가 향했어요. 구석기 사람들이 도착한 곳은 다름 아닌 동굴이었어요. 아직 집이 없었던 시대, 동굴은 구석기 사람들에게 안락한 보금자리였어요. 온종일 들과 산을 돌아다니며 채집과 사냥을 한 구석기 사람들에게는 휴식이 필요했어요. 동굴은 피곤한 구석기 사람들에게 비를 피할 지붕과 바람을 막아 주는 벽이 되어 주었어요. 비록 폭신한 침대 하나 없이 습기가 많은 축축한 장소였지만 이들에게 동굴은 매우 소중했어요.

구석기 사람들이 생활한 동굴 안은 어떻게 생겼느냐고요? 동굴 안 한가운데에는 땅을 파거나 돌을 쌓아 만든 불을 피울 수 있는 화덕이 있었어요. 구석기 사람들은 화덕을 중심으로 둘러앉아 차가운 몸을 녹이고, 고기를 익혀 먹으며, 때로는 두런두런 이야기를 나누기도 했어요. 그래서 발굴된 동굴 대부분에서는 사슴, 곰, 멧돼지

등 다양한 짐승의 뼈가 발견되었어요.

그런데 왜 구석기 사람들은 축축한 동굴 대신 튼튼한 집을 지어 살지 않았을까요? 구석기 사람들은 집을 지을 필요가 없었어요. 왜냐하면 채집을 위해 끊임없이 돌아다니는 이동 생활을 했기 때문이에요. 동굴 주변에 먹을 것이 떨어지면 또 다른 곳으로 떠나야 했기 때문에 굳이 집을 지을 필요가 없었던 거예요.

이 때문에 새로운 곳에 가면 새로운 동굴을 구해야 했어요. 그런데 동굴은 인간뿐만 아니라 짐승들에게도 아늑한 보금자리였어요. 그래서 때때로 좋은 동굴을 차지하기 위해 사나운 짐승들과 경쟁을 하기도 했답니다.

이동 생활

구석기 사람들은 왜 자주 이사를 다녔나요?

구석기 시대에는 사람들이 먹을 동식물이 아주 풍부했어요. 하지만 한 동굴에서 30명에서 40명이 함께 모여 살다 보면 동굴 주변에 있던 열매와 사냥감은 금세 동나기 마련이었어요. 열매를 모두 따 먹은 나무는 가지만 앙상하게 남았고, 사냥감도 나중에는 좀처럼 눈에 띄지 않았어요. 구석기 사람들은 고민에 빠졌어요. 그리고 긴 고민 끝에 먹을 것이 풍족한 다른 곳을 찾아 떠나기로 결정했어요. 무작정 굶으며 먹을거리가 생기기를 기다릴 수는 없었거든요.

이사를 가기에 앞서 구석기 사람들은 평소 아끼던 물건들을 챙겼어요. 여자들은 이동할 때 먹을 식량과 불을 피울 불씨를, 남자들은 힘들게 만든 석기와 뼈 도구를 빠뜨리지 않았나 꼼꼼히 살폈어요. 그러나 이들이 가져갈 수 없는 것도 있었으니 바로 동굴 벽에 새겨진 그림이었어요. 아쉬운 눈빛으로 그림을 바라보던 구석기 사람들은 애써 발걸음을 돌려 정든 동굴을 떠났어요.

새로운 보금자리를 찾아 헤매던 구석기 사람들은 주변에 풍부한 먹을거리가 널려 있는 한 동굴을 발견했어요. 하지만 무턱대고 그곳에 눌러앉을 수는 없었어요. 이미 주인이 있는 동굴은 아닌지, 모두 함께 머물 수 있을 정도로 크기는 넉넉한지, 무서운 짐승이 자주 나타나지는 않는지 살펴야 했거든요.

이처럼 구석기 사람들은 매우 자주 이사를 다녔어요. 새로운 보금자리를 찾아 오랜 시간을 헤매는 사이 병에 걸리거나 사나운 짐승들의 습격을 받아 죽는 사람들도 적지 않았어요.

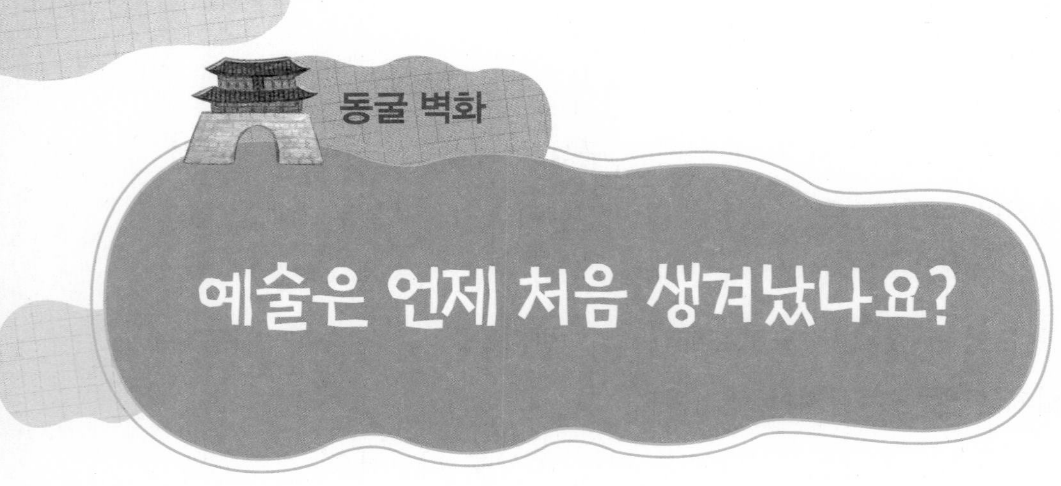

예술은 언제 처음 생겨났나요?

인류의 역사와 함께해 온 예술은 사람들에게 감동과 위로를 줘요. 우리는 아름다운 예술 작품을 통해 하루의 피로를 잊을 수도 있고, 세상을 보는 새로운 시선을 가질 수도 있어요. 그렇다면 예술은 어떻게 생겨났을까요?

사냥에서 돌아온 구석기 사람들은 잠들기 전, 낮에 보았던 사냥감들을 동굴 벽에 그려 넣었어요. 뿔이 달린 사슴, 덩치가 커다란 멧돼지 등 다양한 동물들이 구석기 사람의 손끝에서 살아났지요. 생생한 모습의 동물들은 어느새 동굴 벽을 가득 채웠어요.

원시 예술은 구석기 사람들이 자신들의 보금자리인 동굴에 그린 그림으로 시작되었어요. 에스파냐의 알타미라 동굴과 프랑스의 라스코 동굴에서도 이러한 모습을 찾아볼 수 있지요. 세계 각국의 인류들은 동굴에 다양한 동물을 그리는 공통된 문화를 지니고 있었던 거예요.

그런데 고대 사람들은 왜 벽에 그림을 그렸을까요? 아마도 사람들은 사냥감들을 동굴 벽에 가득 그리며 내일의 사냥이 성공하기를 빌었을 거예요. 원시 예술은 사냥의 성공이나 자손 번성을 비는 것과 같은 주술적인 의미로 행해졌을 가능성이 높지요. 또한 고대 사람들에게 예술이란 생생한 삶을 기록하는 수단이기도 했어요.

울산시 대곡리 반구대의 거대한 바위 위에는 300여 점의 그림들이 빼곡하게 채워져 있어요. 그 가운데 눈에 띄는 것은 고래를 사냥하는 사람들의 모습이에요. 사람들은 힘겹게 고래를 사냥하고 온 경험을 잊지 않기 위해 바위에 직접 그림을 그렸던 것이 아닐까요?

인류는 언어와 문자를 갖기 이전부터 이미 자신의 생각을 표현하기 위해 예술 활동을 시작했어요. 그리고 수천 년이 흐른 지금까지 예술을 사랑하며 계속 발전시키고 있답니다.

기후의 변화

뾰족한 나뭇잎에서 넓적한 나뭇잎으로

오래전 지구에는 추운 기후인 빙기와 비교적 따뜻한 기후인 간빙기가 번갈아 나타나는 빙하기가 있었어요. 약 258만 년 전에 시작된 빙하기는 약 1만 2,000년 전을 마지막으로 끝이 났어요.

빙하기가 끝나자 땅을 뒤덮었던 얼음이 녹고 따뜻한 햇볕이 산과 들에 가득 쏟아졌어요. 한반도의 자연에도 큰 변화가 찾아왔지요. 가장 먼저 찾아온 변화는 침엽수를 볼 수 없게 되었다는 거예요. 침엽수는 추운 지방에서만 자라는 나무로 침처럼 뾰족한 잎을 가진 것이 특징이에요. 대표적으로 소나무와 전나무가 있지요. 날씨가 따뜻해지자 한반도 전역에서 자라던 침엽수들은 추운 북쪽 지방에서만 살게 되었어요. 터줏대감 침엽수들이 사라진 자리에는 어느새 활엽수들이 자리를 차지하고 있었어요. 따뜻한 지방에서 자라는 활엽수는 넓적한 잎을 가진 나무로 벚나무와 밤나무, 떡갈나무가 이에 해당돼요.

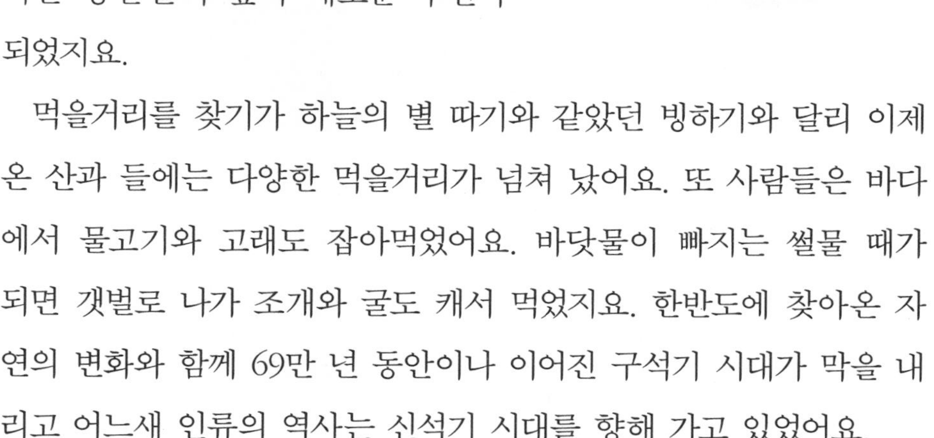

자연환경이 변하자 숲의 주인들도 달라졌어요. 두꺼운 털로 뒤덮인 매머드와 순록이 살기에는 한반도의 숲은 너무 더웠어요. 그래서 매머드와 순록은 더 추운 지방을 찾아 한반도에서 완전히 떠나 버렸어요. 대신 멧돼지, 늑대, 여우, 사슴 등 따뜻한 기후에 살기 적합한 작은 동물들이 숲의 새로운 주인이 되었지요.

먹을거리를 찾기가 하늘의 별 따기와 같았던 빙하기와 달리 이제 온 산과 들에는 다양한 먹을거리가 넘쳐 났어요. 또 사람들은 바다에서 물고기와 고래도 잡아먹었어요. 바닷물이 빠지는 썰물 때가 되면 갯벌로 나가 조개와 굴도 캐서 먹었지요. 한반도에 찾아온 자연의 변화와 함께 69만 년 동안이나 이어진 구석기 시대가 막을 내리고 어느새 인류의 역사는 신석기 시대를 향해 가고 있었어요.

신석기 시대

매끈매끈 간석기

쓱싹쓱싹! 자르고, 갈고, 비비고! 울퉁불퉁한 뗀석기를 사용하던 구석기 사람들에게 조금씩 변화가 일어났어요. 뗀석기를 통해 돌의 성질을 알게 된 구석기 사람들이 새로운 도구를 개발한 거예요. 바로 갈아서 만든 석기인 '간석기'였어요.

간석기의 사용은 정착 생활의 시작과 밀접한 영향이 있었어요. 신석기 사람들은 이리저리 떠돌며 이동 생활을 했던 구석기 사람들과 달리 바다나 강 근처에 집을 지어 살게 되었어요. 집을 짓기 위해서는 나무를 가공해야 했는데 뭉툭한 뗀석기만으로는 나무를 자르고 쪼갤 수 없었어요. 그래서 좀 더 예리하고 정교한 간석기를 만들게 되었던 거지요.

간석기를 만드는 방법은 매우 다양했어요. 먼저 돌과 돌을 가로세로로 엇갈리게 겹쳐 필요한 부분만 잘라 내는 '자르기' 방법이 있었어요. 숫돌 위에 뭉툭한 석기를 뾰족하게 가는 '갈기' 방법도 있었어요. 이렇게 하면 날이 무뎌진 도구도 버리지 않고 새것처럼 다시 사용할 수 있었어요. 마지막으로 '구멍 뚫기'가 있었어요. 활비비의 끝에 날카로운 돌을 달아 다른 돌 위에서 빠르게 회전시키면 구멍이 뚫렸지요. 활비비는 불을 피울 때 사용하던 것인데, 간석기를 만드는 도구로도 쓰였어요.

이와 같은 방법을 통해 사람들은 땅을 고르는 돌괭이, 물고기를 잡는 돌작살, 천을 꿰매는 돌바늘 등 구석기 시대보다 다양하고 활용도가 높은 도구들을 많이 만들었어요. 편리한 간석기는 구석기 시대 이후 점차 모습을 감춘 뗀석기와 달리 청동기, 철기 시대까지 사람들에게 계속 사랑을 받았지요. 이처럼 간석기를 사용한 시기를 바로 '신석기 시대'라고 해요.

돌로 만든 날을 나무 손잡이에 묶어 사용한 **돌괭이**

바다는 우리의 보물 창고!

작살과 그물을 들고 바다로 향하는 신석기 사람들의 발걸음은 가벼웠어요. 신석기 사람들에게 바다는 식량이 계속 쏟아져 나오는 보물 창고와 같았어요. 한 번 따 먹으면 열매가 다시 열리기까지 오래 기다려야 하는 식물과 달리 바다에서는 물고기와 조개, 해초 등 풍부한 먹을거리가 끝도 없이 쏟아져 나왔거든요.

그렇다면 바다로 간 신석기 사람들은 어떻게 물고기를 사냥했을까요? 처음에는 무작정 맨손으로 물고기를 잡으려 했어요. 하지만 날쌘 물고기들은 사람들의 손을 요리조리 잘도 빠져나갔어요. 그리고 겨우 잡았다 해도 금세 놓쳐 버리기 일쑤였지요. 실패가 거듭되자 신석기 사람들은 긴 고민 끝에 물고기를 잡을 도구를 만들어야겠다고 생각했어요.

사람들은 그동안 사용해 온 돌촉에 긴 막대기를 연결해 작살을 만들었어요. 처음 만든 돌작살은 만들기는 매우 쉬웠지만 잡은 물고기가 다시 빠져나가 버리는 경우가 많았어요. 이 점을 보완하기 위해 작살의 끝에 돌촉 대신 짐승의 뼈나 송곳니를 달았어요. 뼈 작살은 날카롭고 뾰족뾰족한 뼈가 여러 개 달려 있어서 잡힌 물고기는 아무리 발버둥을 쳐도 쉽게 빠져나갈 수 없었어요.

사람들은 한꺼번에 많은 물고기를 잡을 수 있는 그물도 만들었어요. 그물 끝에 무거운 돌을 달아 그물이 물속에 가라앉으면서 한 번에 쫙 펼쳐지도록 했는데 이때 사용한 돌멩이를 그물추 혹은 어망추라고 해요. 부산 동삼동 유적, 웅기 굴포리 서포항 유적에서 발견된 돌멩이를 보면 한쪽 끝에 둥글게 파인 홈을 볼 수 있는데 바로 이 홈이 돌멩이에 그물을 매달았던 흔적이에요.

신석기 사람들은 여러 도구를 이용해 도미, 대구, 농어, 감성돔 등 다양한 물고기를 잡아 배를 든든히 채웠답니다.

암사동 신랑과 미사리 신부

암사동에서 온 신랑이 마을 어귀에 도착하자 미사리 신부의 뺨은 발그레 물들었어요. 조개 팔찌 등 여러 장신구로 한껏 멋을 낸 신랑 역시 신부를 발견하자 얼굴이 붉어졌어요. 아이들은 이 모습을 힐끔힐끔 쳐다보며 부끄러워하는 신랑과 신부를 짓궂게 놀려 댔어요. 암사동 신랑과 미사리 신부의 혼인으로 마을에서는 오랜만에 왁자지껄한 잔치가 벌어졌어요.

무리를 지어 이동 생활을 하던 사람들은 신석기 시대에 들어서면서 한곳에 머물러 사는 정착 생활을 하게 되었어요. 사람들은 커다란 집단을 형성해 하나의 마을에 함께 모여 살았어요.

마을 안에서 무럭무럭 자라난 아이들은 어느덧 결혼을 할 나이가 되었어요. 하지만 같은 마을 안에서는 자신의 결혼 상대를 찾을 수 없었어요. 한 마을에 사는 사람들은 대부분 자신과 피를 나눈 친척이었기 때문이에요. 이처럼 서로 같은 핏줄끼리 모여 사는 집단을 '씨족 사회'라고 해요.

씨족 사회의 사람들은 친척끼리 혼인을 하지 않으려고 했기 때문에 다른 마을에서 신랑과 신부를 데려와야 했어요. 이와 같이 다른 씨족끼리 혼인하는 것을 '족외혼'이라고 해요. 족외혼이 이루어지면 여자가 사는 마을에서는 음식을 마련하고 신랑 맞을 준비를 했어요. 화려한 치장을 마친 신부는 자신의 신랑이 될 남자는 어떤 사람일까 상상했어요. 신부의 마을로 향하는 신랑 역시 마찬가지였지요.

신랑과 신부가 두근거리는 첫 만남을 가지면, 마을 사람들이 모두 보는 앞에서 혼인식이 이뤄졌어요. 많은 사람 앞에서 신랑과 신부가 사랑을 약속하고 나면 마침내 두 사람은 부부로 인정받아 평생을 함께 살았답니다.

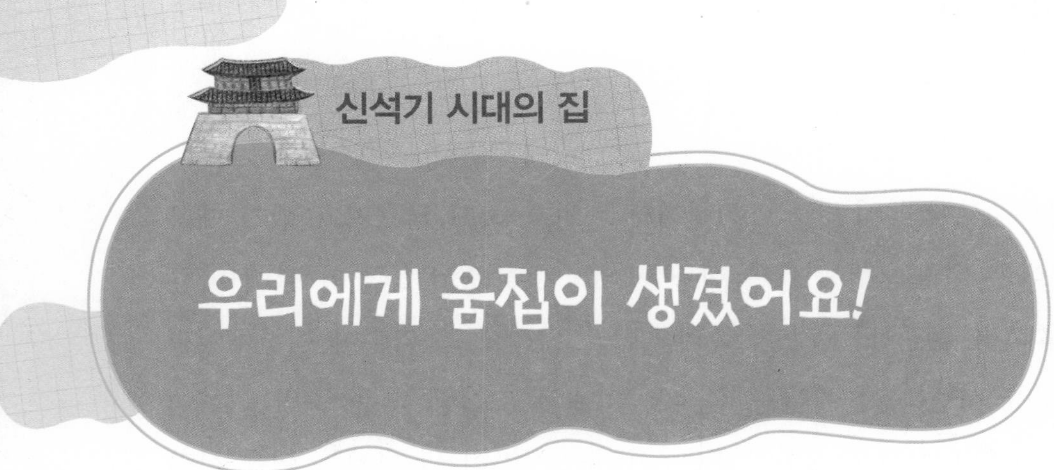

뚝딱뚝딱! 신석기 사람들은 이른 아침부터 나무를 자르고 짚을 옮기며 분주하게 움직였어요. 사람들은 대체 무엇을 하느라 이리도 바빴던 것일까요? 신석기 사람들은 바로 집을 짓고 있었어요. 아무리 먹어도 줄지 않는 식량 창고인 바다를 알게 된 사람들은 굳이 힘들게 먹을거리를 찾아 돌아다닐 필요가 없어졌어요. 또한 농사까지 짓게 되자 물이 풍부한 큰 강 근처에 자리를 잡고 집을 지어 살기도 했지요.

신석기 사람들은 땅을 30센티미터에서 1미터 정도의 깊이로 파낸 뒤 바닥을 꾹꾹 눌러 다졌어요. 그리고 나무 기둥을 세운 후, 그 위에 풀이나 짚을 덮어 뾰족한 고깔 모양의 지붕을 올렸어요. 이렇게 만든 집을 '움집'이라고 해요. 푹 파인 움집의 바닥은 여름에는 뜨거운 햇볕을, 겨울에는 차가운 바람을 막아 주었어요. 움집의 가운데에는 음식을 익히고 불을 뗄 수 있는 화덕과 음식이나 도구를 보관

할 수 있는 저장 구덩이가 있었어요. 입구에는 남자들이 사냥할 때 쉽게 들고 나갈 수 있도록 돌칼이나 돌도끼와 같은 도구들을 모아 두었지요.

사람들은 떠돌이 생활을 끝내고 한곳에 머무는 정착 생활을 시작하게 되었어요. 양양 오산리 유적에는 신석기 시대의 움집터가 남아 있어요. 동그란 모양의 움집터에서는 신석기 사람들이 사용했던 다양한 토기와 석기가 출토되었답니다.

사람들은 언제부터 동물을 길렀나요?

여러분은 어떤 동물을 가장 좋아하나요? 장난꾸러기 강아지, 애교 많은 고양이, 아니면 우직한 소? 우리는 다양한 동물과 함께 어울려 살아가요. 그렇다면 사람들이 맨 처음으로 동물을 기른 때는 언제일까요?

사람들은 신석기 시대에 이미 가축을 기르고 있었어요. 사람들이 기른 최초의 가축은 바로 개예요. 웅기 굴포리 서포항 유적 등 신석기 사람들이 살았던 마을에서 발견된 개 뼈를 보면 이 사실을 알 수 있지요. 야생 동물이었던 개가 어떻게 사람들과 함께 살게 되었는지 정확한 이유는 알 수 없지만, 개는 선사 시대부터 줄곧 사람들의 가장 좋은 친구였어요.

개는 사냥을 할 때에 믿음직한 짝이 되어 주었어요. 멀리서 나는 작은 소리에도 빠르게 반응하고 냄새까지 잘 맡았기 때문에 사람들에게 사냥감의 위치를 앞장서서 알려 줬지요. 사람들은 개의 도움으로 보다 쉽게 멧돼지나 노루 사냥을 할 수 있게 되었어요.

신석기 사람들은 잡아 온 멧돼지를 바로 잡아먹지 않고 집에서 기르기 시작했어요. 멧돼지는 다른 동물에 비해 추위에 잘 견뎠기 때문에 키우기가 쉬웠고, 무엇보다 단백질이 풍부한 고기를 얻을 수 있었어요. 사람들과 함께 살게 된 멧돼지는 새끼까지 낳았어요. 한 번에 적게는 5마리, 많게는 13마리에 이르는 새끼를 낳았기 때문에 사람들의 생활은 더욱 풍족해졌어요.

신석기 사람들의 가축 기르는 능력은 점점 발전했어요. 궁산 선사 시대 유적에서는 100마리 이상의 영양을 길렀던 흔적이 발견되기도 했지요.

신석기 농업 혁명

콩 심은 데 콩 나고, 조 심은 데 조 나고!

농사는 어떻게 시작된 것일까요? 이는 아직도 확실히 알 수 없어요. 다만 땅에서 자연히 돋아난 곡식의 싹을 본 누군가가 흙에 낟알을 심으면 곡식을 얻을 수 있다는 것을 알게 되었을 거라 짐작할 수 있지요. 이러한 발견을 한 후에도 인류는 수천 년의 시간이 흐른 뒤에야 비로소 농사를 지을 수 있게 되었어요.

한반도에서 농사가 처음 시작된 것은 기원전 5000년 무렵 신석기 시대예요. 부산 동삼동 유적에서는 신석기 시대의 '조'로 보이는 곡식이 발견되었어요. 우리나라 사람들은 신석기 시대부터 밭에 조를 심어 먹었던 거예요.

그렇다면 신석기 시대에는 어떤 방식으로 농사를 지었을까요? 농사를 짓는 데 가장 중요한 일은 잡초 뽑기와 거름주기예요. 신석기 사람들은 '화전'과 '휴경'을 통해 이 두 가지 문제를 해결했어요.

화전이란 밭에 불을 지르는 농사법을 말해요. 멀쩡한 밭에 왜 불을 질렀느냐고요? 땅에 불을 지르면 잡초가 제거되고, 불에 타고 남은 재가 자연스럽게 거름 역할을 해 토양을 기름지게 만들었거든요. 이처럼 화전을 이용한 농사를 '화경'이라고 해요. 그런데 화경을 여러 번 하다 보면 땅은 영양분을 잃고 척박하게 변했어요. 그래서 땅이 본래의 영양분을 찾을 때까지 20년 이상을 자연 상태 그대로 두어야 했는데 이를 휴경이라고 해요.

농사를 시작한 후에도 신석기 사람들은 채집 활동과 사냥을 게을리하지 않았어요. 초보적인 수준의 농사만으로는 필요한 식량을 모두 얻을 수 없었기 때문이지요. 하지만 농사의 시작은 인류의 역사에 큰 변화를 가져왔어요. 농사가 시작되자 식량 문제가 점차 해결되었고, 그 결과 인구가 폭발적으로 늘어났어요. 신석기 시대에 농사를 시작한 것을 '농업 혁명' 혹은 '신석기 혁명'이라고 부르는 이유도 바로 이 때문이에요.

"우리는 바닥이 뾰족한 그릇을 사용하지!"

"뾰족하다고? 그릇이라면 자고로 밑이 평평하고 넓적해야지!"

신석기 시대, 서로 다른 모양의 그릇을 사용하는 경기도 아낙과 함경도 아낙이 만났다면 이렇게 싸우지 않았을까요? 신석기 시대에 발명된 질그릇은 지역에 따라 모양과 크기가 달랐어요. 마치 지역마다 독특한 사투리가 있는 것처럼 질그릇도 지역에 따라 개성이 뚜렷했어요.

음식을 구하면 그때그때 다 먹었던 구석기 시대와 달리 농사를 짓기 시작한 신석기 시대에는 음식을 보관해 두고 먹었어요. 음식을 보관할 그릇이 필요해진 신석기 사람들은 진흙을 빚어 불에 구운 그릇을 발명했어요. 바로 질그릇이에요. 불에 타지도, 물에 젖지도 않는 질그릇은 그야말로 신석기 사람들에게 안성맞춤이었어요.

사람들은 점차 생활 습관에 맞게 지역마다 특색 있는 질그릇을 만들어 쓰기 시작했어요. 북쪽 함경도 지방에서는 바닥이 납작하고 깊이가 깊은 토기를, 서북 지방에서는 바닥에 굽을 달고 목 부분을 길게 만든 토기를 사용했지요. 황해도와 경기도가 있는 중서부 지방에서는 바닥이 뾰족하고 갸름한 모양의 토기를 사용했어요.

남부 지방에서는 중부 지방의 영향을 받아 바닥이 뾰족한 토기를 사용했는데 토기에 손톱무늬, 생선뼈무늬 등 독특한 무늬가 새겨져 있어 '빗살무늬 토기'라는 이름을 얻었어요. 바닷가나 강가에서 주로 발견되는 빗살무늬 토기는 독특한 생김새로 신석기 시대의 대표적인 유물로 자리 잡았지요.

질그릇을 쓰게 되면서 신석기 사람들은 음식을 질그릇에 담아 끓이고, 찌고, 삶는 등 새로운 조리법을 만들어 냈답니다.

빗살무늬 토기

더 멀리, 더 빠르게!

원시 시대, 사람과 동물은 서로 먹이를 두고 싸우는 경쟁자였어요. 멧돼지처럼 뾰족한 송곳니도, 호랑이처럼 매서운 발톱도 없는 사람들은 먹이 경쟁에서 짐승들에게 밀리기 일쑤였지요. 또한 힘이 센 짐승들의 먹이가 되기도 했어요. 하지만 사람은 짐승보다 힘이 약한 대신 도구를 만드는 엄청난 능력이 있었어요. 처음에 사용했던 도구들은 사나운 짐승들을 대적하기에 매우 약했지만 사람들은 포기하지 않고 점차 도구를 발전시켰어요. 결국 뛰어난 사냥 도구를 완성해 그 어떤 짐승들보다 강한 힘을 갖게 되었지요.

사람들이 처음부터 훌륭한 사냥 도구를 사용했던 건 아니에요. 처음에는 돌멩이를 던지거나 맨몸으로 사냥감을 잡으려 했어요. 하지만 사나운 짐승이 공격을 하면 힘이 약한 사람은 무작정 당할 수밖에 없었어요.

사람들은 사나운 짐승을 공격할 수 있는 도구가 필요했어요. 그래서 날카로운 돌을 나무 막대에 매달아 창을 만들었지요. 창은 사람들이 보다 안전하고 빠르게 짐승을 공격할 수 있도록 도와주었어요. 하지만 아무리 튼튼한 창도 짐승 가까이에 다가가야 쓸 수 있었지요.

조금씩 사냥 도구를 발전시키던 사람들은 마침내 활과 화살을 만들어 냈어요. 잘 휘어지는 나무에 짐승의 힘줄을 달아 활을 만들고, 단단한 흑요석이나 날카로운 멧돼지의 송곳니를 갈아 화살을 만들었지요. 활과 화살의 효과는 창보다 뛰어났어요. 사람들은 이제 난폭한 멧돼지와 발 빠른 노루는 물론 하늘을 나는 새까지 잡을 수 있게 되었어요. 한때 사나운 짐승들의 먹이였던 사람들은 활과 화살의 발명으로 땅에 이어 하늘까지 사냥 장소를 넓힐 수 있게 되었어요.

신석기 시대의 의복

원시인도 옷을 만들어 입었다고요?

신석기 시대의 사람들은 어떤 옷을 입고 살았을까요? 홀딱 벗고 다녔을 것 같다고요? 아니에요. 신석기 시대 사람들은 직접 만든 삼베옷을 입고 다녔어요. 옷 가게도, 재봉틀도 없었던 신석기 시대에 사람들은 대체 어떻게 옷을 만들었을까요?

먹을거리를 찾아 산과 들을 돌아다니던 사람들은 자연스럽게 다양한 식물에 대해 알게 되었어요. 그러다 '삼'이라는 식물의 껍질이 매우 질기고 튼튼하다는 사실을 깨달았지요. 사람들은 삼의 속껍질을 가늘게 쪼개 짧은 실뭉치를 얻었어요. 그리고 실이 쉽게 끊어지지 않도록 '가락바퀴'를 이용해 실과 실을 여러 겹으로 꼬아 길게 연결했어요.

가락바퀴

가락바퀴가 무엇이냐고요? 가락바퀴는 흙으로 빚거나 돌이나 토기를 갈아서 만든 실 짜는 도구예요. 모양은 제각기 달랐지만 가락바퀴의 한가운데에는 작은 구멍이 뚫려 있었어요. 이 구멍에 막대기를 넣어 고정시킨 후에 삼에서 얻은 짧은 실을 돌리면 길고 튼튼한 실을 뽑을 수 있었어요. 가락바퀴를 빙글빙글 돌리다 보면 어느새 실이 감겨 뚱뚱한 실타래가 되었지요.

이렇게 얻은 실은 처음에는 그물이나 낚싯줄의 재료로 사용했어요. 그러다 점차 더 많은 실을 만들게 되자 추위와 더위로부터 몸을 보호할 옷을 짜게 되었지요. 신석기 시대의 여인들은 짐승의 뼈를 깎아 만든 뼈바늘에 실을 연결해 옷을 만들었어요. 바느질을 마치고 나면 뼈바늘은 바늘통에 한꺼번에 모아 보관했어요. 이처럼 신석기 시대에 사용했던 뼈바늘과 바늘통은 궁산 선사 시대 유적과 웅기 굴포리 서포항 유적에서 발견되었답니다.

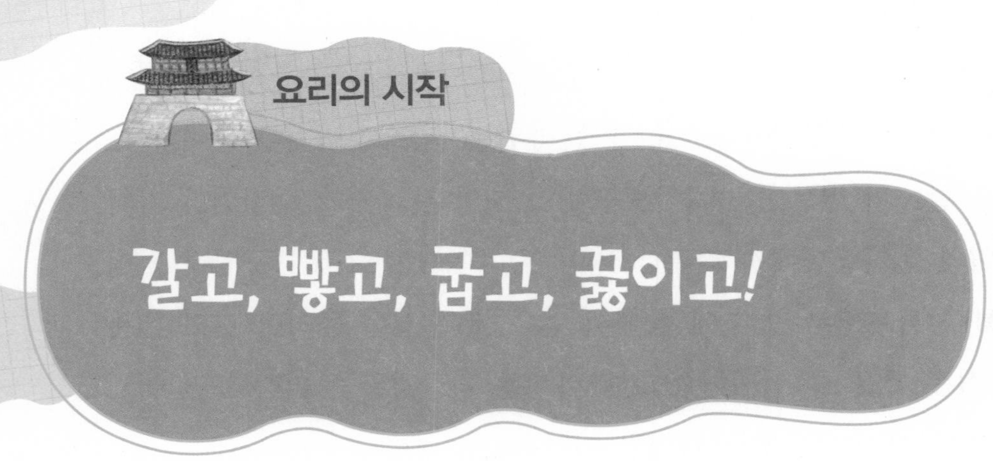

요리의 시작

갈고, 빻고, 굽고, 끓이고!

신석기 시대의 식사 시간, 음식을 굽고 끓이는 냄새가 집집마다 솔솔 흘러나왔어요. 앞집에서는 조개와 굴이 익는 짭조름한 냄새가, 뒷집에서는 고소한 죽 냄새가 풍겼지요.

신석기 시대에는 산과 들에서 채집한 열매뿐만 아니라 바다에서 잡은 물고기, 농사를 통해 수확한 곡식까지 먹을거리가 넘쳐났어요. 재료가 다양해지자 자연히 조리 도구와 조리법도 발전했어요.

갈판과 갈돌

신석기 사람들이 가장 먼저 사용한 조리 도구는 갈판과 갈돌이었어요. 갈판과 갈돌은 주로 도토리처럼 단단한 열매의 껍질을 벗길 때 사용했어요. 넓적한 갈판 위에 열매를 올리고 갈돌로 왔다 갔다 문지르면 딱

딱한 껍질이 벗겨지고 손쉽게 알맹이를 얻을 수 있었어요.

움집의 바깥쪽에는 음식을 익혀 먹을 수 있는 야외 화덕이 있었어요. 야외 화덕은 얕게 파낸 땅 위에 돌멩이를 가득 쌓고 불을 피우면 금세 완성되었어요. 사람들은 돌멩이가 불에 충분히 달궈지면 그 위에 조개나 굴을 올리고 물을 뿌렸어요. 그러면 뜨거운 수증기에 의해 조개와 굴이 노릇노릇 먹기 좋게 익었지요.

토기를 만들게 되면서 조리법은 더욱 다양해졌어요. 그동안 음식을 끓일 마땅한 도구가 없었던 신석기 사람들은 주로 날것 그대로를 먹거나 불에 구워 먹는 것이 전부였어요. 하지만 물과 불에 강한 토기를 쓰자 음식을 끓여 먹을 수 있게 되었어요. 토기 안에 갈판으로 빻은 곡식 가루와 물을 섞어 끓이자 온 가족이 좋아하는 고소한 곡식 죽이 완성되었답니다.

신석기 시대의 장신구

내가 바로 신석기 패션 왕!

아침 일찍 세수를 마친 신석기 여인은 움집 안에 모아 둔 다양한 장신구를 둘러봤어요. 여인은 어떤 것으로 치장을 해 볼까 망설이다가 조개 팔찌와 송곳니 발찌를 골랐어요. 한껏 치장을 마치고 움집 밖으로 나선 여인은 마을 사람들의 시선을 한 몸에 받았어요. 신석기 여인은 자랑스럽게 조개 팔찌와 송곳니 발찌를 흔들며 움집 사이를 돌아다녔어요.

이처럼 신석기 시대에도 멋과 패션이 존재했어요. 신석기 사람들은 장신구를 이용해 몸을 꾸미는 걸 아주 좋아했는데 여성뿐만 아니라 남성 역시 장신구를 착용했다고 해요. 그 증거로 통영 연대도 유적의 신석기 시대 무덤에서 발찌를 찬 남자의 유골이 나오기도 했지요. 그렇다면 신석기 사람들은 어떤 장신구를 착용했을까요?

장신구의 종류는 목걸이와 팔찌, 비녀에 이르기까지 매우 다양했어요. 목걸이와 발찌는 주로 동물의 이빨이나 뼈에 작은 구멍을 뚫은 후, 가는 실에 매달아 걸었어요. 그리고 동물 뼈를 깎아 만든 뼈 비녀나 뒤꽂이를 이용해 머리를 장식했어요. 팔찌는 주로 조개껍데기에 팔을 끼워 넣을 수 있는 구멍을 뚫어서 만들었어요. 이 외에도 흙을 굽거나 돌을 갈아 만든 귀걸이도 착용했어요.

신석기 사람들이 멋에 관심을 두기 시작한 것은 채집, 사냥, 농사를 통해 먹을거리가 풍부해졌기 때문이에요. 먹을거리를 구하느라 온종일 채집 활동에만 매달려야 했던 구석기 시대에 비해 여유가 생긴 것이었지요. 신석기 사람들의 장신구에는 주술적인 의미도 있었다고 생각돼요. 조개껍데기 팔찌나 송곳니 발찌를 하고 바다에 나가면 조개가 많이 잡힌다고 믿었을 수도 있고, 정성스럽게 치장을 한 뒤 하늘에 기도를 올리면 소원이 이루어진다고 생각했을 수도 있어요.

씨족 회의

무엇이든 해결해 드립니다!

똑같이 일하고 똑같이 나눈다! 이것이 바로 신석기 시대 마을의 기본 원칙이었어요. 신석기 시대는 마을 구성원들이 모든 것을 공평하게 나누어 가지는 공동체 사회였어요. 마을 사람들 대부분은 이러한 기본 원칙을 충실히 지키려고 노력했어요. 하지만 각양각색의 사람들이 모여 살았던 만큼 마을에서는 재산을 둘러싼 사소한 다툼이 끊이지 않았을 거예요.

신석기 시대, 한 마을에서 커다란 멧돼지 한 마리를 잡았어요. 마을 사람들이 모두 넓은 공터에 모여 고기를 나누기 시작했어요. 한 사람, 두 사람, 세 사람……. 차례차례 똑같은 크기의 고기를 받아 갔어요. 그런데 이때 고기를 자르던 사람이 자신의 차례가 되자 눈치를 살피며 은근슬쩍 고기를 좀 더 두툼하게 잘랐어요. 이를 발견한 다른 사람이 가만히 있을 리가 없었지요. 두 사람 사이에 다툼이 벌어지자 마을의 가장 큰 어른인 촌장이 나타났어요.

촌장은 마을을 대표하는 지도자였어요. 하지만 다른 사람보다 더 많은 재산을 갖지도, 함부로 명령을 내리지도 않았어요. 단순히 마을을 대표하는 가장 큰 어른이었던 거예요. 촌장은 다툼을 벌인 두 사람을 화해시키려 애썼지만 둘의 입씨름은 좀처럼 그치지 않았어요. 결국 촌장은 결심한 듯 큰 목소리로 외쳤어요.

"씨족 회의를 열 것이다!"

씨족 회의가 시작되자 마을 사람들은 두 사람이 다툰 이유에 대해 듣고 저마다 의견을 말하기 시작했어요. 의견을 모두 들은 촌장은 마을 사람들의 뜻을 모아 해결 방안을 내놓았어요.

"다른 사람들보다 더 가져간 고기를 잘라서 내놓으시게!"

고기를 자르던 사람이 씨족 회의의 결론에 따르자 이로써 마을은 다시 평화로워졌답니다.

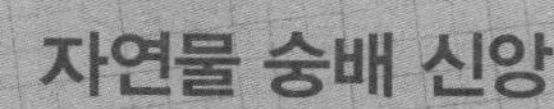

자연물 숭배 신앙

숲 속의 곰님에게 비나이다!

우르르 쾅쾅! 천둥과 함께 큰비가 쏟아지자 신석기 마을은 혼란에 빠졌어요. 갑작스러운 홍수에 마을 사람들은 움집에 들어찬 물을 퍼내느라 정신이 없었어요. 그렇게 몇 달 동안이나 이어진 홍수가 끝나자 이번에는 가뭄이 문제였어요. 뜨거운 햇볕에 땅은 쩍쩍 갈라지고 곡식들은 잎이 바짝 말라 버렸어요.

이 외에도 자연재해는 끊임없이 사람들을 괴롭혔어요. 폭풍이 몰아쳐 파도가 마을을 삼켜 버리거나 화재로 마을 사람들의 대부분이 죽는 경우도 있었지요. 자연 앞에서 사람은 한없이 나약한 존재였어요.

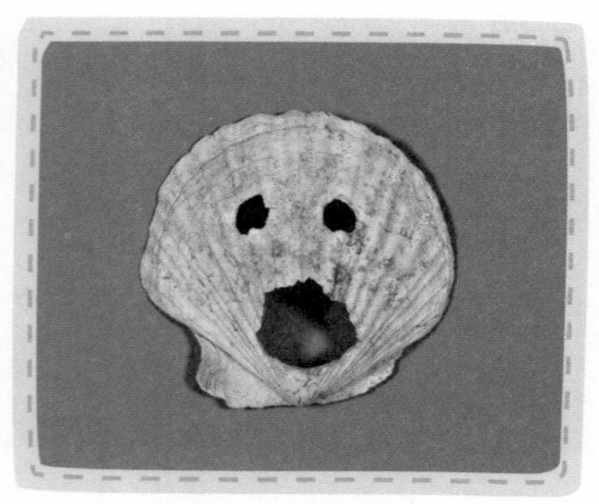

조개껍데기에 구멍을 뚫어서 만든 사람 얼굴 모양의 **조가비 탈**

위대한 자연의 힘에 무릎을 꿇게 될 때면 신석기 사람들은 자연의 일부인 나무나 짐승을 향해 기도를 올렸어요.

"비나이다! 비나이다! 숲 속의 곰님이시여! 우리 마을을 부디 편안하게 보살펴 주시옵소서!"

사람들은 나이가 많은 나무나 힘이 센 짐승 등을 신성하게 여겼어요. 또 그들에게 영혼이 있다고 믿었어요. 그래서 정성스럽게 기도를 올리면 언젠가 자신들의 기도를 들어줄 거라고 생각했지요.

신석기 사람들은 흙으로 곰, 개와 같은 동물 모양의 인형을 빚기도 하고, 짐승의 뼈로 사람 얼굴을 만들기도 했어요. 웅기 굴포리 서포항 유적에서는 흙으로 만든 개 머리 조각과 여성상이 출토되었어요. 이와 같이 동물이나 사람 모양을 본 뜬 물건을 정성스럽게 만들면서 사람들은 마을의 풍요와 사냥의 성공을 기원했을 거예요.

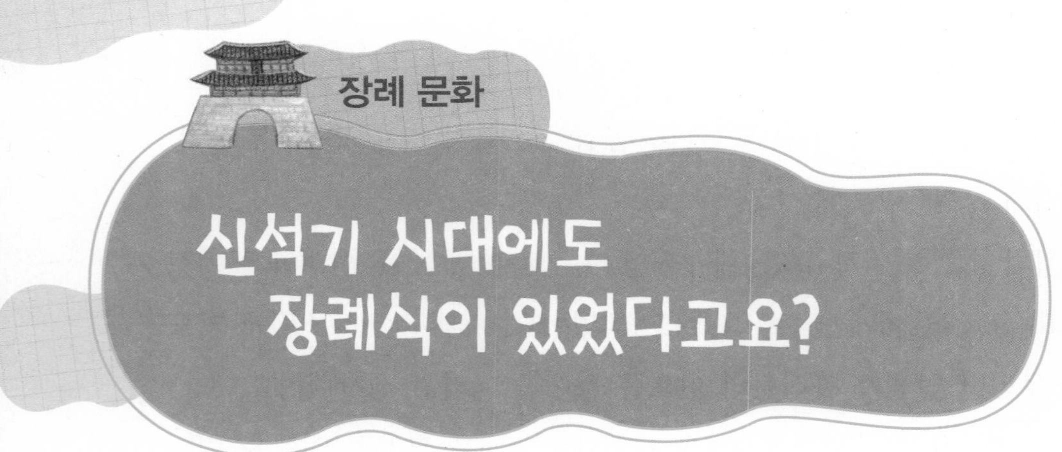

장례 문화

신석기 시대에도 장례식이 있었다고요?

마을의 가장 큰 어른이 세상을 떠나자 사람들은 깊은 슬픔에 잠겼어요. 하지만 언제까지나 슬퍼만 할 수는 없었어요. 죽은 사람이 편안히 저승에 갈 수 있도록 장례식을 준비해야 했거든요.

가장 먼저 마을에서 힘이 센 남자들이 흙을 파고 땅을 평평하게 골랐어요. 그리고 그 안에 큰 어른의 시신을 머리가 동쪽을 향하도록 조심스럽게 뉘였어요. 왜 머리를 동쪽으로 향하게 했느냐고요? 신석기 시대에는 해가 떠오르는 동쪽을 신성하게 여겼거든요.

무덤 속에 누운 큰 어른은 마치 깊은 잠에 든 것처럼 평온한 얼굴이었어요. 가족들은 평소 큰 어른이 아꼈던 물건들을 모아 무덤 안에 넣었어요. 돌도끼, 돌칼, 화살촉 어느 것 하나 큰 어른의 손길이 닿지 않은 것이 없었어요. 그리고 저승으로 가는 길에 배고프지 않게 질그릇에 먹을 것을 담아 시신의 머리맡에 놓는 것도 잊지 않았어요. 가족들이 작별 인사를 모두 마치자 이번에는 마을 사람들의 차례였어요. 사람들은 들에서 꺾어 온 꽃이나 자신이 직접 만든 장신구들을 무덤 안에 넣으며 죽은 사람이 편안한 곳으로 가기를 기도했어요. 이처럼 신석기 시대에는 시신과 함께 여러 물건을 무덤에 묻었는데 이를 바로 '껴묻거리'라고 해요.

신석기 시대의 무덤에서는 여러 사람의 시체가 한 번에 발견되기도 해요. 통영 연대도 유적에서 발견된 무덤 속에서는 총 10명의 시체가 나왔어요. 이들이 왜 함께 무덤에 묻혔는지는 확실하게 알려진 바가 없어요. 전염병에 걸려 다 함께 죽은 것일 수도 있고, 시간 차이를 두고 한 곳에 묻힌 것일 수도 있지요.

바다를 건너온 수입품, 흑요석

남해안 여수, 신석기 시대의 조개더미에서 흑요석이 발견되자 학자들은 깜짝 놀랐어요. 흑요석은 화산 지대에서만 생기는 돌로 남해안에서는 나올 수 없었거든요. 그런데 어쩌다 화산 지대도 아닌 남해안에서 흑요석이 나온 것일까요?

학자들이 엑스선을 이용해 분석한 결과, 흑요석의 원산지는 일본의 규슈 지방으로 밝혀졌어요. 한 가지 재미있는 사실은 규슈 지방에서 우리나라의 신석기 시대 질그릇이 발견되었다는 점이에요. 반대로 우리나라에서도 일본의 신석기 시대 그릇이 나왔어요. 이 모든 사실을 미루어 보아 학자들은 남해안 사람들과 일본의 규슈 지방 사람들이 신석기 시대부터 서로 무역을 했음을 알게 되었어요.

무역이란 지역과 지역 사이에 물건을 사고팔거나 교환하는 일을 말해요. 흑요석은 작살이나 화살촉과 같은 날카로운 도구를 만들 때 매우 유용한 재료였어요. 하지만 아쉽게도 화산 지대가 아닌 한반도에서는 흑요석을 구할 수가 없었지요. 그래서 우리나라의 신석기 사람들은 일본과의 교역을 통해 흑요석을 구했던 거예요.

한반도와 일본은 배로 바다를 오가며 흑요석뿐만 아니라 다양한 물건을 교환했어요. 신석기 시대에는 아직 화폐가 없었기 때문에 대부분의 거래는 물물 교환으로 이루어졌지요. 한반도 사람들은 흑요석을 받은 대가로 직접 만든 조개 팔찌나 짐승의 가죽, 말린 생선 등을 줬을 거예요. 부산 동삼동 유적에서는 수천 개에 이르는 조개 팔찌가 발견되었는데, 이는 한 마을의 사람들이 사용했다고 하기에는 너무나 많은 양이에요. 아마도 이 팔찌는 다른 물건과 교환하기 위한 용도로 마을 사람들이 만든 것일 거예요.

무역은 단순히 물건을 거래하는 것만은 아니었어요. 필요한 물건을 교환하며 서로의 문화도 주고받았답니다.

청동기 시대

뚱땅뚱땅! 청동기 대장간

석기를 사용하던 사람들은 우연히 불에 익은 돌에서 붉은빛 액체가 흘러나오는 것을 발견했어요. 달궈진 돌에서 나온 액체는 다름 아닌 구리였어요. 이렇게 얻은 구리에 주석을 섞자 돌보다 단단한 청동이 만들어졌어요.

청동으로 만든 도구는 석기와 비교할 수 없을 만큼 단단하고 튼튼했어요. 사람들은 새로 발견한 청동에 크게 환호했어요. 그리고 이때부터 필요한 도구들을 청동으로 만들어 사용하기 시작했어요. 바야흐로 '청동기 시대'가 열린 거예요.

뚱땅뚱땅! 시끄러운 소리로 가득 찬 이곳은 청동기 대장간이에요. 기술자들이 불을 피우고, 거푸집을 만들고, 청동기를 만드느라 구슬땀을 흘렸어요. 그런데 푹푹 찌는 대장간 안에서 열심히 일하는 기술자들을 매서운 눈빛으로 지켜보는 사람이 있었어요. 바로 청동기 장인이에요.

청동기 시대에는 청동기만 전문으로 만드는 장인이 있었어요. 청동기는 매우 까다로운 과정을 거쳐 만들어졌는데 경험이 풍부한 장인만이 제대로 된 청동기를 완성할 수 있었지요.

청동기를 만들 때 가장 중요한 것은 구리와 주석의 비율이었어요. 주석이 너무 적게 들어가면 청동기가 약하게 만들어졌고, 주석이 과하면 청동기가 딱딱해져 쉽게 깨지고 말았어요. 저울도 계량기도 없었던 시대, 장인들은 대체 어떻게 주석의 비율을 맞췄던 걸까요? 이는 숙련된 장인만이 간직한 비밀이었어요.

장인들은 자신이 갖고 있는 지식과 특별한 기술을 전수하려고 했어요. 그래서 대장간에서 제자들을 가르쳐 훌륭한 청동기 기술자로 만들었어요. 그리고 이들의 손에서 청동기 시대를 대표하는 비파형 동검과 세형동검, 청동 거울 등이 탄생했답니다.

청동기 시대의 무기

번쩍이는 칼날, 비파형 동검

"식량을 모두 빼앗고 마을 사람들을 노예로 삼아라!"

다른 마을과의 싸움에서 승리한 지배자는 금빛 번쩍이는 칼을 높이 들어 올렸어요. 지배자의 당당한 모습에 부족 사람들은 환호성을 내질렀어요.

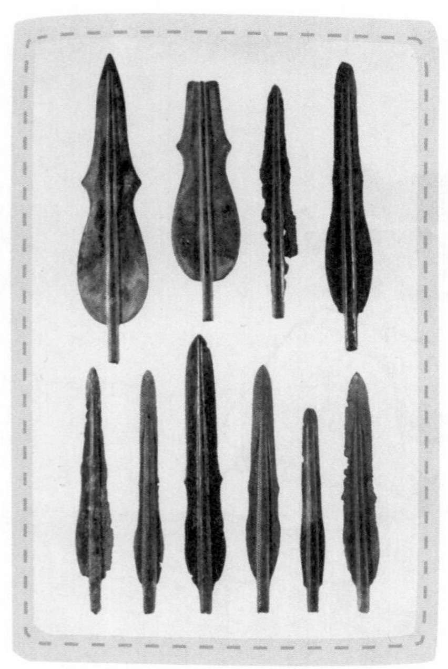

비파형 동검

청동기 시대에는 힘과 재산을 가진 사람이 부족의 지배자가 되었어요. 지배자들은 때때로 다른 부족과 다툼을 벌여 마을을 정복하고 식량을 빼앗았어요. 시간이 지날수록 부족들의 싸움이 치열해지자 지배자들은 강력한 무기가 필요했어요.

"단단한 청동으로 검을 만드시오!"

명령이 떨어지자 장인은 날카롭고 단단

한 청동 검을 만들어 바쳤어요. 청동 검을 손에 쥔 지배자는 이제 그 어떤 강력한 상대와 겨룬다 해도 두렵지 않았어요.

바로 이 청동 검이 한반도 청동기의 특징을 가장 잘 보여 주는 유물이에요. 당시 청동은 매

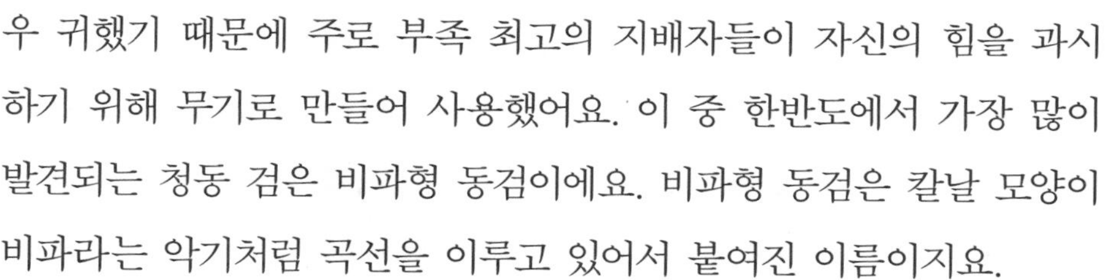

우 귀했기 때문에 주로 부족 최고의 지배자들이 자신의 힘을 과시하기 위해 무기로 만들어 사용했어요. 이 중 한반도에서 가장 많이 발견되는 청동 검은 비파형 동검이에요. 비파형 동검은 칼날 모양이 비파라는 악기처럼 곡선을 이루고 있어서 붙여진 이름이지요.

비파형 동검의 가장 큰 특징은 칼날과 손잡이가 따로따로 떨어진다는 것이에요. 중국의 검들이 대부분 칼날과 손잡이가 합쳐져 있는 것과 달리 비파형 동검은 비파 모양 칼날과 나팔 모양 손잡이를 따로 만든 후에 조립했지요. 이렇게 만든 검은 칼날이 부러져도 검을 통째로 다시 만들 필요 없이 칼날만 바꿔서 사용할 수 있었어요.

불평등의 시대가 시작되다!

키가 크고 체격이 좋은 막쇠는 사냥을 나가면 가장 앞에 서 있었어요. 날쌘 토끼는 물론이고 힘이 센 멧돼지까지 늘 먼저 나서서 때려잡았지요. 하지만 사냥감을 잡은 기쁨도 잠시, 마을로 돌아온 막쇠는 점점 기분이 나빠졌어요. 힘을 쓴 보람도 없이 막쇠가 잡은 사냥감을 마을 사람들이 똑같이 나누어 가졌거든요.

'고생은 내가 다 했는데 고기는 똑같이 나누다니! 저기 저 사람은 손가락 하나 까딱하지 않았는데 맨입으로 고기를 얻어 가는군! 왜 매번 내가 잡은 사냥감을 나누어야 하는 거지?'

막쇠의 마음에는 조금씩 불만이 생겼어요. 그리고 자기가 구해 온 식량은 자기만 가져야겠다고 생각했어요.

똑같이 일하고 똑같이 나누어 가지는 것이 원칙이었던 석기 시대와 달리 생산력이 발전한 청동기 시대의 사람들은 점차 개인의 재산을 가지려 했어요. 그 결과, 사람들은 '내 것'과 '남의 것'을 구별하게 되었고 자유롭게 풀어 키우던 가축도 자신만의 우리를 만들어 가두었어요.

사람들은 점차 채집과 사냥을 줄이고 농사와 목축에 집중했어요. 작은 열매를 구하러 온종일 숲 속을 헤매는 것보다 농사를 짓고 가축을 기르는 일이 훨씬 효율적이라는 사실을 깨달은 거예요. 청동기 사람들은 더 이상 수확물을 똑같이 나누지 않았어요. 자연히 농사를 잘 짓고 가축을 잘 기르는 사람은 부자가 되었고, 그렇지 못한 사람은 가난하게 살아야 했지요.

부자들은 재산과 힘을 바탕으로 집단의 우두머리로 우뚝 올라섰어요. 그리고 마침내 마을을 다스리는 지배층이 되었어요. 이제 한 마을 안에서도 사람들은 지배하는 자와 지배를 받는 자로 나뉘었어요. 이로써 평등했던 원시 공동체가 무너지고, 개인의 재산이 인정되고 계급이 나타나게 되었어요.

부족 국가의 탄생

군장님이 오신다! 길을 비켜라!

군장이 나타나자 마을 사람들은 한꺼번에 길 구석으로 물러났어요. 늠름하게 사람들 사이를 걷는 군장의 목에서는 청동 거울이 햇빛을 받아 번쩍번쩍 빛났지요. 고개를 숙인 마을 사람들은 군장의 당당한 행진을 구경하기 위해 눈을 흘낏거렸어요.

청동기 시대, 힘과 재산을 지닌 군장은 마을을 다스리는 최고 지배자였어요. 군장의 목에는 빛나는 청동 거울이 걸려 있었는데, 이는 군장의 권력과 위엄을 드러내는 도구였어요. 청동기 시대에는 오직 힘과 재산을 가진 사람만이 청동 거울을 가질 수 있었거든요.

군장은 사람들을 다스리고 재산을 관리하기 위해 법을 만들었어요. 그리고 관리와 군대에게 사람들이 법

세모, 네모, 둥근 모양 등의 무늬를 새겨 넣은 **잔무늬 거울**

을 잘 지키나 감시하도록 했지요. 군장의 명령을 받은 관리와 군대는 법을 어기는 사람이 나타나면 가차 없이 벌을 내렸어요. 이처럼 일정한 영토에서 법과 관리, 군대로 사람들을 다스리는 집단을 '국가'라고 해요.

군장은 제사를 주관하는 제사장이기도 했어요. 중요한 제사가 있을 때면 청동 방울을 흔들며 하늘을 향해 기도를 올렸지요. 이와 같이 국가를 다스리는 군장이 제사장의 역할까지 하는 사회를 제사와 정치가 같다고 해서 '제정일치 사회'라고 불러요.

군장의 권력은 죽은 뒤에까지 이어졌어요. 사람들은 국가의 최고 권력자가 죽으면 살아 있을 때 누렸던 위상에 걸맞게 거대한 무덤을 만들었어요. 군장의 무덤 위에는 커다란 돌이 탁자 모양으로 세워졌는데 이 무덤을 '고인돌'이라고 한답니다.

고조선

우리 겨레가 처음 세운 나라

랴오둥 일대와 한반도 서북부 땅에는 진번, 임둔, 옥저와 같은 다양한 부족이 살았어요. 이들은 서로 비슷한 언어와 풍속을 지니고 있었어요. 그런데 이 가운데 힘이 센 부족들이 성장하면서 다른 부족을 정복하고 통합하기 시작했어요. 그리고 그 과정에서 여러 부족이 커다란 세력으로 합쳐지며 우리 역사의 최초 국가, 고조선이 탄생했어요.

고조선이라는 이름은 기원전 7세기 초, 처음으로 역사의 무대에 등장해요. '조선'이라는 이름을 가진 나라가 제나라와 교역했다는 사실이 중국의 여러 기록에 남아 있거든요. 그런데 잠깐! 조선이라면 이성계가 세운 나라의 이름 아닌가요? 맞아요, 고조선의 원래 이름은 훗날 이성계가 세운 나라의 명칭과 같은 조선이에요. 《삼국유사》를 쓴 일연이 단군 조선과 위만 조선을 구별하기 위해 '고조선'이라는 이름을 처음 사용했어요. 그런데 요즘에는 이성계가 세운 조선과 구별하기 위해 고조선이라고 말하지요. 그러다 보니 지금은 단군이 건국한 조선과 위만 조선을 모두 고조선이라고 불러요.

서로 힘을 합쳐 고조선을 세운 부족들은 처음에는 각자의 지역을 느슨하게 통치했어요. 하지만 그 세력이 점점 커져 기원전 4세기 무렵에는 중국의 연나라를 위협할 정도로 강한 국가가 되었어요. 중국 사람들은 빠르게 성장하는 고조선이 자기네 땅을 빼앗지는 않을까 두려워하며 고조선 사람들을 교만하고 사납다고 헐뜯었어요.

고조선은 막강한 군사력을 바탕으로 중국의 만주까지 그 힘을 떨쳤어요. 청동기와 철기 시대를 거치는 동안 무기를 만드는 기술이 크게 발전했기 때문이었지요. 또한 '8조법'이라는 법률로 백성들을 다스리는 법치 국가였어요.

고조선은 우리 땅에 처음 등장한 국가예요. 이후에 나타난 부여, 삼한을 비롯해 고구려, 신라, 백제 역시 고조선에 큰 영향을 받았어요. 이 때문에 고조선에 대해 공부하는 것은 우리의 역사와 뿌리를 이해하기 위한 중요한 첫걸음이라고 할 수 있어요.

단군 신화

곰과 결혼한 사람이 있었다고요?

옛날 옛적, 하늘의 신 환인에게는 환웅이라는 아들이 있었어요. 환웅은 매일같이 지상을 내려다보며 인간 세계를 구하고 싶어 했어요. 이에 아버지 환인은 환웅을 불러 하늘의 표시를 새긴 도장, 천부인 세 개를 건넸어요.

"이 천부인 세 개를 가지고 지상에 내려가 인간을 다스리거라."

환웅은 아버지의 뜻을 받들어 3,000명의 무리를 거느리고 태백산 꼭대기에 있는 신단수에 내려왔어요. 그리고 바람 신, 비 신, 구름 신과 함께 세상을 다스리기 시작했어요.

그런데 어느 날, 곰과 호랑이가 환웅에게 찾아와 사람이 되게 해 달라고 빌었어요. 환웅은 곰과 호랑이에게 신성한 쑥 한 줌과 마늘 20쪽을 건넸어요.

"100일 동안 햇빛을 보지 않고 쑥과 마늘만 먹으면 사람이 될 것이다!"

곰과 호랑이는 어두운 동굴 속으로 들어가 매일 쑥과 마늘만 먹으며 지냈어요. 그런데 얼마 지나지 않아 참을성이 없는 호랑이는 도망을 가 버렸어요. 홀로 동굴에 남아 묵묵히 견딘 곰은 21일 만에 여자가 되었어요. 곰에서 사람으로 변한 이 여인은 환웅과 결혼해 아들을 낳았는데, 그가 바로 고조선을 세운 단군왕검이에요.

이 이야기가 바로 고조선의 시조, 단군왕검의 탄생을 그린 '단군 신화'예요. 단군 신화는 고조선의 지배자들이 역사적 사실에 상상력을 곁들여 만든 이야기예요. 고조선의 지배자들은 자신이 하늘의 선택을 받은 사람이라고 생각했어요. 그래서 이러한 생각을 백성들에게 널리 알리고자 단군 신화를 만들었던 거예요. 단군 신화 속에는 당시 고조선의 사상이 그대로 담겨 있어요. 환웅이 인간 세상을 구하고자 했다는 것은 '널리 인간을 이롭게 한다.'는 고조선의 건국 이념인 홍익인간 사상을 담고 있답니다.

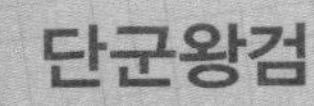

단군왕검

1,500년 동안이나 고조선을 다스린 왕이 있다고요?

단군의 이야기를 기록한 가장 오래된 역사책은 승려 일연이 쓴 《삼국유사》예요. 《삼국유사》에는 단군에 대해 다음과 같은 설명이 등장해요.

'단군은 기원전 2333년에 고조선을 세운 뒤, 아사달로 도읍을 옮겨 1,500년 동안 나라를 다스렸다. 이후, 후손에게 왕위를 물려주고 산에 들어가 산신이 되었는데 이때 나이가 1,908세였다.'

단군왕검이 무려 1,500년 동안이나 고조선을 다스렸다니 놀랍지 않나요? 아마도 1,500년이라는 숫자는 단군이 정말 1,500년을 살았다기보다는 단군이 다스렸던 고조선의 역사가 그만큼이나 길었다는 의미일 거예요. 또한, 단군왕검은 한 사람의 이름이 아니었어요. 고조선에서는 제사를 담당하는 제사장을 '단군', 정치를 담당하는 지배자를 '왕검'이라고 불렀어요. 즉, '단군왕검'이란 제정일치 사회였던 고조선 시대에서 제사와 정치의 임무를 모두 맡았던 최고 지배자의 호칭이었던 거예요.

결국 단군 신화에 등장하는 단군은 고조선을 처음 다스렸던 첫 번째 지배자의 이야기인 셈이에요. 제1대 단군왕검이 나라를 다스리다 죽자 제2대 단군왕검이 그 뒤를 이었고 그 후로 제3대, 제4대, 제5대……, 수많은 단군왕검이 백성들을 보살폈어요.

다시 말하자면, 단군왕검은 고조선을 최초로 건국한 사람이자 그 후로 대를 이어 고조선을 성장시킨 지배자들을 모두 아우르는 말이랍니다.

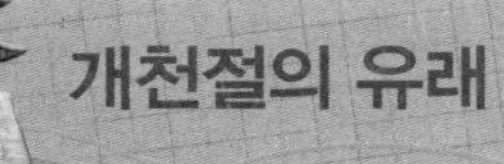

개천절의 유래

우리의 역사가 시작된 날

매년 10월 3일은 무슨 날일까요? 바로 단군이 최초로 나라를 세운 것을 기리는 개천절이에요. '개천'이란 하늘을 연다는 뜻이에요. 그러니까 개천절은 환웅이 하늘을 열어 신단수에 내려온 10월 3일을 기념한다고 볼 수 있어요.

개천절의 유래는 먼 옛날 다양한 국가의 제천 행사를 통해 짐작할 수 있어요. 고구려의 동맹, 부여의 영고, 동예의 무천 등 이미 오래전부터 고대 국가에서는 단군을 높이 받드는 제천 행사를 거행했어요. 긴 역사 속에서 개천절은 우리 민족 고유의 전통 축제로 자리 잡았던 거예요. 하지만 이때까지도 '개천절'이라는 이름은 아직 존재하지 않았어요.

개천절이라는 명칭을 처음 사용한 것은 대종교였어요. 단군을 숭배하는 사상을 지닌 대종교는 환웅이 신단수로 내려온 날을 기념하며 10월 3일을 개천절이라 불렀어요. 이후 일제 강점기 때, 개천절은 우리 민족에게 큰 힘을 주는 날로 자리 잡았어요. 일제의 식민지가 된 힘겨운 현실을 이겨 내고자 우리 민족은 우리나라가 처음 시작된 날을 기리며 하나로 똘똘 뭉쳤던 거예요. 이런 의미를 받들어 대한민국 임시 정부가 개천절을 국경일로 지정하자 해방 이후 세워진 대한민국 정부가 이를 정식 국경일로 제정했어요.

오랜 역사 속에서 우리 민족과 함께해 온 개천절이 되면 집집마다 태극기를 달아 그 의미를 되새겨 보고는 해요. 개천절과 같이 기쁜 날을 축하하는 국경일에는 깃발의 끝이 깃봉의 꼭대기에 올라오도록 태극기를 높이 게양하지요. 돌아오는 개천절, 여러분도 가족과 함께 태극기를 높이 달아 보세요.

농사의 발전

구슬땀으로 일궈 낸 황금빛 쌀알

매서운 겨울이 끝나고 봄바람이 불어오자 청동기 사람들은 바빠졌어요. 나무를 베고, 땅을 고르고, 씨앗을 뿌리고, 농사를 짓기 위해 할 일들이 가득 쌓여 있었거든요.

청동기 시대에 이르자 농사 기술은 한층 발전했어요. 신석기 시대부터 농사를 지어 오는 동안 실패와 성공을 반복하며 유용한 지식들이 쌓인 거예요. 채집이나 사냥과 달리 농사는 작물, 기후, 토양 등 여러 방면에 걸친 깊은 지식을 필요로 했어요. 청동기 사람들은 끊임없는 관찰을 통해 농사에 필요한 기술을 터득했어요. 그 결과, 기원전 1000년 무렵에는 벼, 조, 기장, 수수, 콩 등 보다 다양한 곡식을 심을 수 있게 되었지요.

농사에 자신감이 붙은 청동기 사람들은 벼

농경문 청동기

농사도 처음으로 시도했어요. 밭에서 자라는 곡식들과 달리 논에서만 자라는 벼는 매우 까다로운 조건 속에서만 재배할 수 있었어요. 따뜻한 기후와 충분한 물, 그리고 농업 기술이 뒷받침되어야만 비로소 잘 익은 벼를 거두어들일 수 있었지요.

청동기 사람들은 단단한 논둑을 세우고, 물길을 만들어 물을 채웠어요. 이렇게 완성된 논은 비록 지금보다 크기는 작았지만 기술만은 뒤지지 않았어요. 2,500년 전의 청동기 사람들이 지금과 같이 발전된 농사 기술을 터득하고 있었던 거예요.

이와 같은 청동기 사람들의 모습은 청동기 시대 후기의 유물인 '농경문 청동기'에 고스란히 담겨 있어요. 밭을 갈고 괭이질을 하는 사람의 모습을 새긴 농경문 청동기를 통해 우리는 농사를 위해 부지런히 움직였던 청동기 사람들의 성실한 삶을 엿볼 수 있답니다.

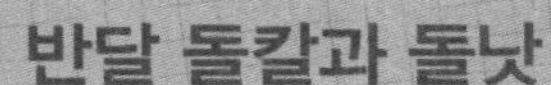

반달 돌칼과 돌낫

수확의 기쁨을 안겨 준 농기구들

이삭이 여물수록 벼는 고개를 깊숙이 숙였어요. 이 모습을 바라보던 고조선의 농부는 마음이 든든해졌어요. 하지만 벼가 다 익었다고 해서 농사가 끝난 것은 아니었어요. 바로 익은 벼를 거두어들이는 단계가 남아 있었기 때문이지요.

고조선의 농부들은 약속이나 한 것처럼 반달 모양의 돌을 들고 논으로 향했어요. 사람들의 손에 들린 도구는 과연 무엇일까요? 바로 이삭을

반달 돌칼

자를 때 사용하는 반달 돌칼이에요. 반달 돌칼은 신석기 시대가 끝날 무렵에 발명되어 고조선 시대에 본격적으로 사용되었어요. 처음에는 날이 둥글었지만 청동기 시대 후기로 갈수록 뾰족한 삼각형 날이 되었지요.

돌낫

농부는 반달 돌칼에 뚫린 두 개의 구멍에 끈을 꿰었어요. 그리고 돌칼이 빠지지 않도록 끈을 손에 단단히 끼웠지요. 농부는 차근차근 이삭을 거두기 시작했어요. 그런데 반달 돌칼은 한 번에 하나의 이삭밖에 자를 수 없어 시간이 매우 오래 걸렸어요. 이 점을 보완하기 위해 등장한 것이 바로 돌낫이에요. 돌로 만든 날에 나무 손잡이를 달아 만든 돌낫은 벼를 포기째 벨 수 있었어요. 자연히 반달 돌칼보다 수확 속도가 훨씬 빨랐어요.

벼를 수확한 후에는 껍질을 벗기는 과정이 남아 있었어요. 커다란 절구 안에 이삭을 우르르 쏟아붓고 절굿공이로 여러 번 찧으면 어느새 알맹이와 껍질이 떨어졌어요. 키를 이용해 다시 한 번 알맹이에 붙어 있던 껍질을 바람에 날려 주면 비로소 밥을 지어 먹을 수 있는 뽀얀 쌀알을 얻을 수 있었어요.

이처럼 고조선 사람들은 다양한 농기구를 이용했어요. 힘겨운 수확을 도와주는 농기구들은 고조선 사람들에게 없어서는 안 될 고마운 도구들이었어요.

고조선의 음식

고조선 사람들은 어떤 음식을 먹었나요?

청동기 시대에 이르자 밥상은 더욱 푸짐해졌어요. 농사가 발전하면서 식생활에 변화가 온 것이지요.

곡물 그대로를 익혀 먹거나 죽을 만들어 먹던 신석기 시대와 달리 고조선 사람들은 농사지은 곡식으로 따뜻한 밥을 지어 먹었어요. 지배자와 부자들은 뽀얀 쌀밥을 먹었고 평범한 백성들은 조, 기장, 수수와 같은 곡물로 잡곡밥을 지어 먹었지요.

무엇보다 가장 큰 변화는 반찬이 생겼다는 것이에요. 고조선 사람들의 반찬은 고기, 생선, 산나물에 이르기까지 매우 다양했어요. 가축으로 기르던 소, 돼지, 닭을 잡아 푸짐하게 고기 잔치를 벌이기도 했고, 바다에서 잡은 숭어, 연어, 고등어, 굴, 전복 등의 해산물도 즐겨 먹었어요. 여기에 채집으로 얻은 밤, 대추, 호두, 도토리까지 더하면 그야말로 진수성찬이 뚝딱 완성되었지요.

음식의 재료가 풍부해지자 자연히 조리 도구도 발전했어요. 재료를 불에 직접 익히거나 그릇에 넣고 끓이는 것이 전부였던 요리 방법에서 벗어나, 수증기를 이용해 음식을 익히는 시루로 떡을 쪄 먹거나 생선이나 고기로 찜을 만들었어요.

고조선 사람들은 국물 요리나 뜨거운 음식을 먹을 때 숟가락도 사용했어요. 숟가락은 주로 동물의 뼈를 깎아 만들었는데 웅기 굴포리 서포항 유적에서 동물 뼈 숟가락이 출토되었지요. 또한 중국의 역사책《한서》에 따르면 고조선 사람들은 다양한 그릇을 사용했다고 해요. 대나무 그릇에 음식을 먹기도 하고, 술잔 같은 그릇도 사용했다고 해요.

이처럼 고조선의 음식 문화는 크게 성장했어요. 그 결과, 고조선 사람들은 보다 편리하고 맛있게 몸에 필요한 영양소를 섭취할 수 있게 되었어요.

침채

고조선에도 김치가 있었다고요?

김치는 우리의 밥상에서 빠져서는 안 될 중요한 음식이에요. 김치는 대체 언제부터 우리의 입맛을 사로잡은 걸까요?

고조선 사람들은 먹을거리가 풍부해지자 더 맛있게 음식을 먹을 수 있는 방법에 대해 고민했어요. 그래서 쌀이라는 하나의 재료를 가지고도 밥, 죽, 떡 등 여러 가지 음식을 만들어 먹었지요. 그러나 조리법이 다양해도 곡식 자체의 원래 맛이 크게 변하지는 않았어요.

하지만 음식에 소금을 넣자 이야기가 달라졌어요. 소금은 재료의 풍미를 높여 음식을 훨씬 맛있게 만드는 신비로운 조미료였어요. 고조선 사람들은 암염이나 해조류에 붙어 있는 소금을 채취해 음식에 넣기 시작했어요. 사람들은 점차 음식을 소금에 절여 먹는 법도 알게 되었어요. 소금에는 부패를 방지하는 기능이 있어서 상하기 쉬운 물고기나 조개도 소금에 절이면 오래도록 두고 먹을 수 있었지요. 이때부터 한국 음식의 특징인 발효 음식이 만들어졌던 거예요. 고조선 사람들은 금방 시들어 버리는 채소 역시 소금에 절여 먹기 시작했어요. 이 과정에서 김치가 처음 등장한 거예요.

초기의 김치는 배추를 소금물에 담가 만든 채소 절임에 가까웠어요. 마치 단무지나 피클처럼 말이에요. 이름 역시 김치가 아닌 채소를 절인다는 뜻을 가진 '침채'였어요. 침채는 채소가 나지 않는 겨울에도 비타민과 무기질을 보충할 수 있도록 도와준 고마운 음식이었어요. 고조선 시대부터 사랑을 받은 침채는 시간이 흘러 '김치'로 불리게 되었고, 조선 시대에 고추가 들어오면서 지금과 같은 매콤한 맛의 새빨간 김치가 되었답니다.

민무늬 토기

평범하지만 강하다! 새로운 토기의 탄생!

기원전 1000년 무렵, 한반도에는 빗살무늬 토기가 사라지고 새로운 모양의 그릇들이 나타나기 시작했어요. 바로 어두운 갈색 빛깔에 아무 무늬도 없는 '민무늬 토기'예요. 새로 나타난 토기는 더욱 예뻐지기는커녕 오히려 평범해졌지요. 민무늬 토기가 이렇게 담백한 모습을 가지게 된 이유는 무엇일까요?

사실 빗살무늬 토기에 무늬를 새긴 것은 불에 구울 때 토기가 쉽게 갈라지는 것을 막기 위해서였어요. 하지만 무늬를 새기지 않아도 튼튼한 토기를 만들 수 있는 기술이 생기자 사람들은 그릇에 무늬를 새기는 과정을 빼 버린 것이지요. 그래서 겉보기에는 밋밋하지만 매우 튼튼한 민무늬 토기가 탄생한 거예요.

민무늬 토기는 끝이 뾰족하거나 둥근 모양의 바닥을 가진 빗살무늬 토기와 달리 대부분 바닥이 납작했어요. 목이 높이 달린 토기도 많아졌지요. 그뿐만 아니라 사발, 보시기, 접시, 잔, 항아리 등 그릇의 종류도 매우 다양해졌어요. 또한 지역에 따라 각기 다른 개성을 가지고 있던 질그릇들과 마찬가지로 민무늬 토기 역시 지역별로 독특한 형태를 지녔어요.

압록강 하류 유역에는 표주박 모양의 미송리식 토기, 압록강 중류 유역에는 손잡이가 달린 공귀리식 토기, 두만강 유역에는 입구에 구멍이 뚫린 구멍무늬 토기, 평안도 및 황해도 지역에는 팽이 모양을 닮은 팽이형 토기, 충청남도 지역에는 중간 부분이 도톰하게 부풀어 오른 송국리식 토기가 있었지요. 이 외에도 초기 철기 시대에 유행했던 검은 그릇인 검은 간 토기와 그릇 입구에 띠를 두른 덧띠 토기도 민무늬 토기에 포함된답니다.

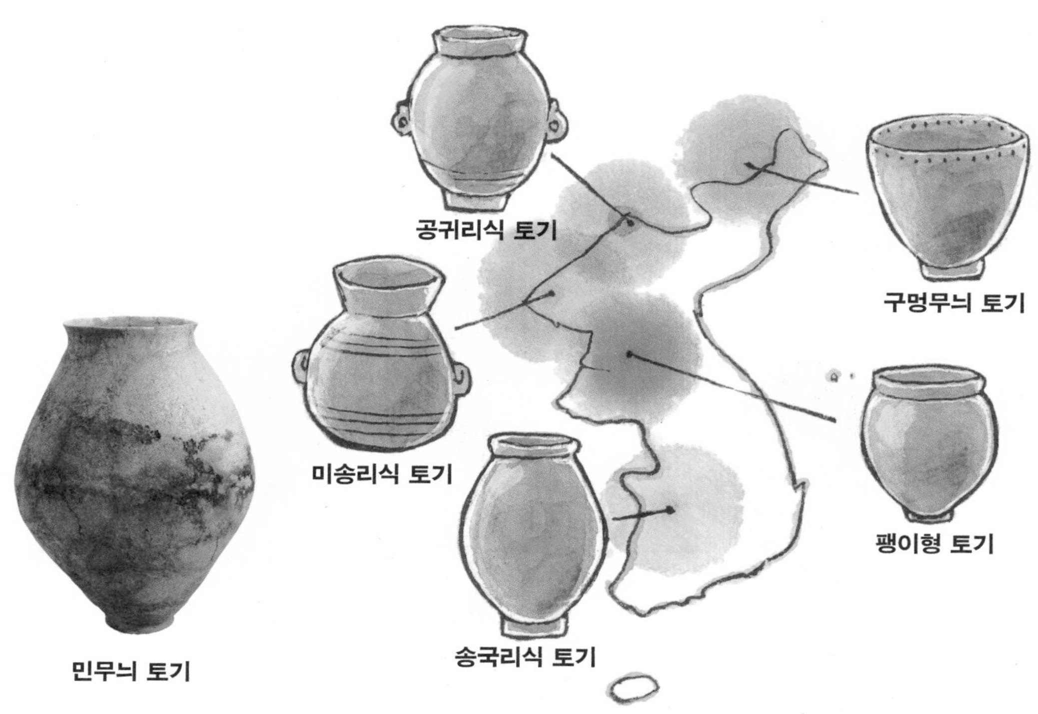

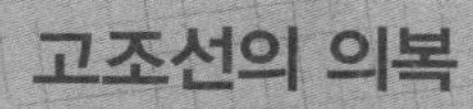

고조선의 의복

옷차림만으로도 신분을 알 수 있었다고요?

고조선의 한 마을, 소박한 차림의 아버지와 아들이 길을 걷다가 한껏 멋을 낸 남자를 보게 됐어요.

"와, 아버지! 저 남자 좀 보세요. 옥 목걸이에 청동 허리띠까지 한 걸 보니 정말 멋쟁이인가 봐요!"

아들의 말에 아버지가 남자를 자세히 살펴보니 정말 남자의 모습은 매우 화려했어요. 신발에는 고운 빛깔을 내는 청동 단추까지 달려 있었지요. 남자가 점점 가까이 다가오자 아버지는 냉큼 고개를 숙였어요. 멋쟁이 남자가 완전히 사라진 뒤에야 아들은 아버지에

게 아는 사람이냐고 조심스레 물었지요.

"아니, 전혀 모르는 사람이란다. 하지만 옷차림만 보아도 매우 고귀한 신분이라는 것을 알 수 있지. 높은 분에게는 예를 표해야 하는 법이란다."

이처럼 고조선 시대에는 그 사람이 무엇을 입고, 어떤 장신구를 했느냐에 따라 신분을 알 수 있었어요. 고조선의 남자들은 대개 삼베나 비단으로 만든 바지와 저고리를 입고 다녔어요. 추우면 그 위에 겉옷을 걸치기도 했지요. 여자들의 옷차림은 기본적으로 남자들과 비슷했지만 바지 대신 치마를 입었던 것으로 보여요.

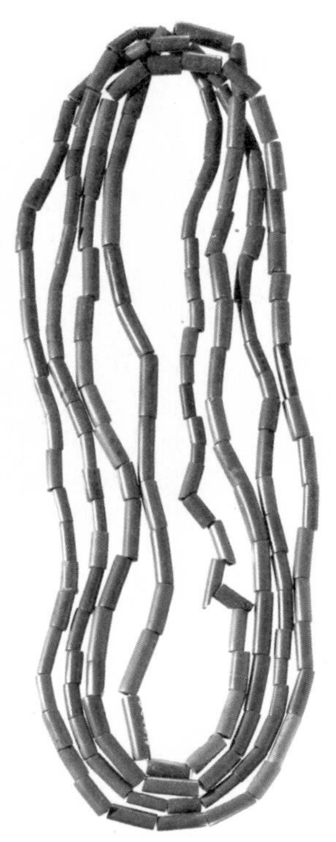

대롱옥 목걸이

고조선은 옷감인 베를 만드는 기술이 매우 뛰어났다고 해요. 일찍이 물레를 이용해 삼에서 실을 뽑아냈지요. 이 실을 베틀에 건 후, 천을 짜는 도구인 바디를 이용해 옷감을 만들어 냈어요. 품질 좋은 옷감을 만들어 내는 고조선의 직조 기술은 나중에 이웃 나라 옥저에도 전해졌어요. 중국 사람들은 고조선의 기술을 그대로 물려받은 옥저의 베를 '맥포'라 부르며 옷감 가운데 최고 등급으로 인정했다고 해요.

청동 단추 거푸집

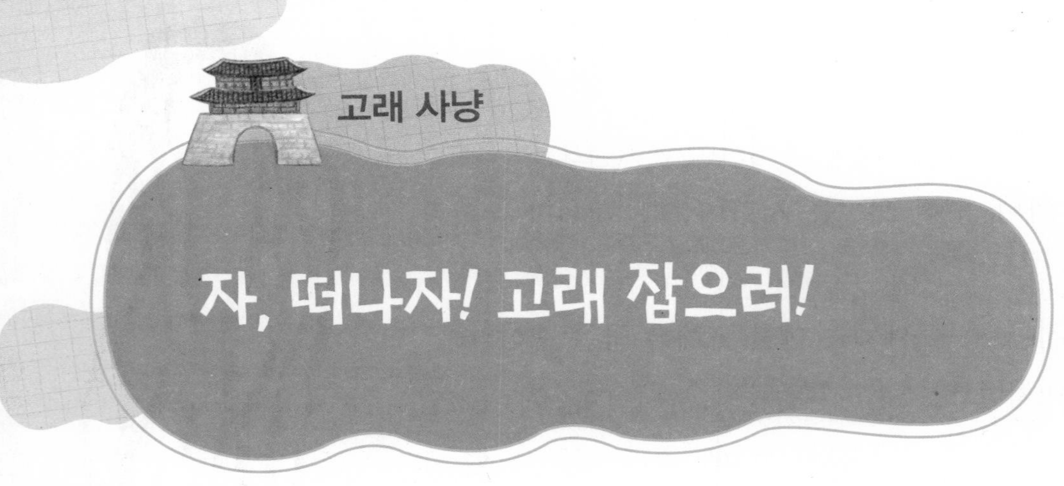

고래 사냥

자, 떠나자! 고래 잡으러!

울산의 반구대 마을 남자들은 아침 일찍부터 통나무의 속을 파내 만든 배를 살펴보고, 작살을 날카롭게 손질하느라 분주히 움직였어요. 사냥 준비를 모두 마친 남자들이 삼삼오오 모여들자 오늘 고래 사냥을 이끌 선장이 큰 소리로 외쳤어요.

"모두들 준비됐나? 자, 떠나자! 고래 잡으러!"

준비를 마친 반구대 마을 남자들은 통나무 배를 타고 바다로 나갔어요. 긴 기다림 끝에 바닷속에서 거대한 그림자가 일렁였어요. 남자들은 모두 숨을 죽이고 고래가 숨을 쉬기 위해 수면 가까이로 올라오기를 기다렸어요. 그리고 마침내 고래가 수면 위로 모습을 드러내자 노꾼이 힘껏 노를 저어 고래에 배를 가까이 댔어요. 기다렸다는 듯 남자들은 날카로운 작살로 고래의 등을 내리찍었어요. 인간의 몸으로 바다의 제왕 고래와 싸우는 일은 만만치 않았어요. 하지만 단백질을 보충할 살코기와 등불을 밝힐 고래 기름이 절실했던 사람들은 결코 물러설 수 없었어요.

기나긴 싸움 끝에 고래를 잡은 사람들은 배에 고래를 매달아 마을로 돌아왔어요. 그리고 마을의 바위 위에 고래를 사냥한 생생한 경험을 그림으로 남겼어요.

바로 울산 대곡리 반구대의 바위그림에는 사람들이 고래 사냥을 하는 모습이 선명히 그려져 있어요. 바위그림 속에는 떼를 지어 헤엄치는 고래, 어미의 등에 올라탄 새끼 고래, 숨구멍으로 물을 뿜어내는 고래, 작살에 꽂혀 끌려가는 고래 등 다양한 고래의 모습이 생생하게 살아 있어요. 특히 흰수염고래, 향유고래, 귀신고래 등 종류가 다른 고래의 특징을 정확히 표현한 모습이 인상적이에요. 이를 통해 당시 사람들이 직접 고래 사냥을 나가 고래를 자세히 살펴봤음을 알 수 있답니다.

온돌

겨울에도 방바닥이 지글지글!

고조선의 세죽리 마을에 사는 여인은 매서운 칼바람을 뚫고 집으로 돌아왔어요. 여인은 돌아오자마자 방 한구석에 드러누웠어요.

"아이고, 따뜻하다! 역시 겨울에는 구들장이 최고야!"

여인의 집에는 온돌의 초기 형태라 할 수 있는 '쪽구들'이 있었어요. 고조선 시대에는 방 한쪽에 'ㄱ' 자 모양의 구들을 깔아 방을 데우는 난방 방식이 있었는데, 이는 온돌 문화가 이미 고조선 때부터 시작되었음을 의미해요. 고조선 시대의 유적인 랴오닝 성 연화보 유적을 비롯해 영변 세죽리 유적 등 많은 곳에서 이와 같은 쪽구들이 발견되었지요.

서양에서는 주로 방 한쪽에 붙어 있는 벽난로를 통해 난방을 하는데, 이런 방식은 벽난로의 주변만 따뜻할 뿐 온기가 집 안에 골고루 퍼지지 못한다는 단점이 있어요. 이와 달리 우리나라의 온돌은 아궁이에서 불을 때면 그 뜨거운 기운이 방으로 연결된 통로로 전

해져 방바닥이 데워지는 구조를 가지고 있어요. 온돌은 방바닥의 열기가 자연스럽게 공기 중으로 퍼져 방 안 가득 오랫동안 열이 유지되는 장점이 있지요. 이런 난방 방식은 서양은 물론 아시아의 다른 나라에서도 쉽게 찾아볼 수 없는 우리나라만의 고유하고 독특한 문화예요.

고조선 시대부터 시작되어 현대에까지 이른 긴 역사를 지닌 우리의 온돌! 최근에는 온돌의 우수성이 세계에 널리 알려지며 아시아는 물론 미국과 유럽, 심지어 아프리카에까지 온돌 문화가 전파되고 있답니다.

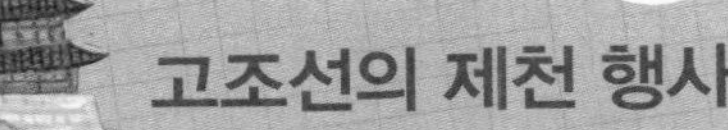

고조선의 제천 행사

짤랑짤랑! 청동 방울을 흔들어라!

짤랑짤랑! 청동 방울 소리가 신성한 장소 '신시'에 가득 울려 퍼졌어요. 오늘은 바로 고조선의 제천 행사가 있는 날이에요. 제천 행사란 하늘을 향해 제사를 지낸다는 뜻이지요. 고조선에서는 나라에 중요한 일이 생길 때마다 신시에 모여 회의를 했는데 제천 행사 역시 바로 이 신시에서 행해졌어요.

제천 행사가 결정되면 제사를 주관하는 제사장은 며칠 전부터 몸과 마음을 정갈히 하고 의례 도구들을 정성스럽게 관리했어요. 청동 거울과 청동 방울, 세형동검은 사람들에게 제사장의 권위를 드러낼 뿐만 아니

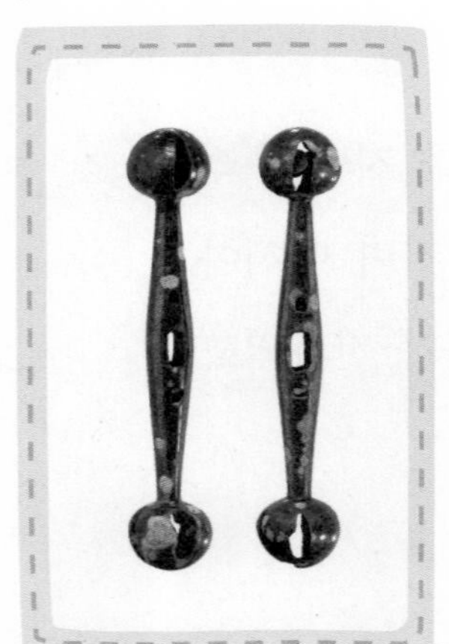

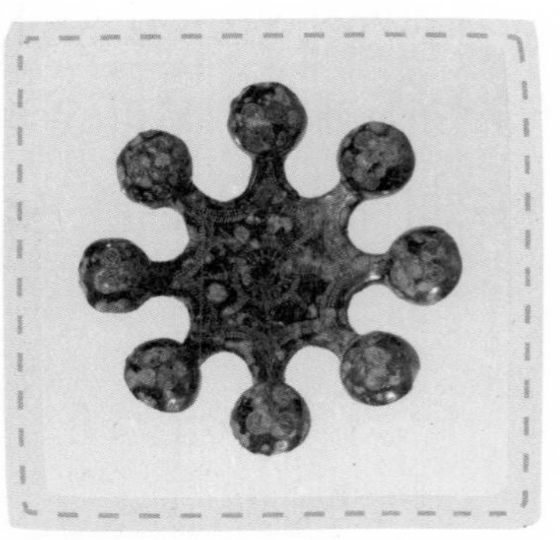

제천 행사에 쓰인 청동 방울인 **쌍두령**(왼쪽)과 **팔주령**(오른쪽)

라 제사 때 하늘과 교감하기 위해 꼭 필요한 물건들이었어요.

마침내 제천 행사의 아침, 사슴이 제단에 올려졌고 푸짐한 제사 음식도 차려졌지요. 제사장은 청동 방울을 흔들어 잡귀신을 쫓고, 청동 거울을 햇빛에 반사시켜 신을 불러들였어요. 제사장이 걸음을 옮길 때마다 허리춤에 달린 청동 방울에서 짤랑짤랑 소리가 울려 퍼졌지요. 제사장은 두 손을 높이 뻗어 하늘을 향해 기도를 올렸어요. 봄에는 한 해 농사가 잘되기를 빌었고, 가을에는 농사가 잘 끝난 것에 감사를 표했지요.

신성한 의식이 모두 끝나자 사람들은 푸짐한 제사 음식과 술을 나누어 먹고 춤을 추었어요. 제천 행사는 모든 구성원이 함께 모여 나라의 평안을 염원하고, 몸과 마음의 고단함을 달래는 중요한 의식이었답니다.

고조선의 악기

휠릴리! 뼈피리를 불어요!

제천 행사가 모두 끝나고 흥겨운 음악이 흘러나오자 사람들은 어깨가 절로 들썩거렸어요. 흥에 겨운 사람들이 하나, 둘 일어나 춤을 추기 시작하자 순식간에 신 나는 춤판이 벌어졌지요. 고조선 사람들은 즐겁게 춤을 추다가 목이 마르면 직접 담근 술로 목을 축이고, 배가 고프면 제사 음식으로 배를 채웠어요. 그리고 다시 춤을 추었어요.

대체 어떤 음악이 고조선 사람들을 덩실덩실 춤추게 만들었을까요? 아쉽게도 고조선의 음악에 관한 기록은 아직 발견된 것이 없어요. 하지만 고조선의 유적지 곳곳에서 음악을 연주했던 악기들이 발견되었지요.

웅기 굴포리 서포항 유적에서는 새의 다리로 만든 '뼈피리'가 나왔어요. 13개의 소리 구멍이 있어 지금의 대금과 매우 비슷한 모습을 지니고 있어요. 길이는 약 17센티미터로 두 손으로 쥐면 딱 알맞은 크기였지요. 뼈피리는 피리의 한쪽에 입을 대고 불어서 소리를 내는 관악기였어요.

또 '공후'라는 현악기도 있었어요. 공후는 서양 악기인 하프처럼 줄을 튕겨 소리를 내는 악기였어요. 중국의 최표가 쓴 책《고금주》에는 고조선의 여류 음악가 여옥이 공후를 연주했다는 기록이 남아 있어요.

고조선은 이처럼 관악기는 물론 현악기까지 갖추고 있었어요. 다양한 악기를 이용해 음악을 연주할 수 있었던 만큼 고조선 사람들의 음악 수준은 꽤 높았던 것으로 보여요. 고조선 사람들에게 음악이란 신성한 제사 의식을 돕고, 삶의 고단함을 잊게 해 주는 고마운 존재였어요.

한반도의 고인돌

무덤에도 위아래가 있다!

세계의 학자들은 한반도를 '고인돌 왕국'이라고 불러요. 한반도에 전 세계 고인돌의 40퍼센트에 해당하는 4만여 기에서 4만 5,000여 기가 모여 있기 때문이지요. 2000년에는 전북 고창, 인천 강화 등의 고인돌이 유네스코 세계 문화유산에 지정되었어요. 대체 고인돌이 무엇이기에 세계 학자들의 관심이 한반도에 집중된 것일까요?

고인돌은 청동기 시대 최고 권력을 누렸던 지배자들의 무덤이었어요. 마을을 다스리던 지배자가 죽으면 마을 사람들은 그만을 위한 특별한 무덤을 만들었는데 이것이 바로 고인돌이었지요.

고인돌은 마을 사람들이 모두 힘을 합쳐 만들었어요. 지휘자의 명령 아래, 사람들은 돌을 자르고, 옮기고, 세우느라 부지런히 움직였지요. 고인돌에 사용되는 돌은 커다란 화물 트럭 수십 대가 있어야만 끌 수 있는 무게였는데, 트럭이 없었던 청동기 시대에는 사람들이 힘을 모아 옮겨야만 했지요. 그래서 고인돌 하나를 만들려면 적게는 수백 명, 많게는 수천 명의 사람이 필요했어요. 지배자의 무덤을 만들기 위해 수백, 수천 명의 사람이 힘든 일을 묵묵히 견뎠던 거예요. 이를 통해 우리는 다시 한 번 청동기 시대 지배자의 힘을 확인할 수 있지요.

이처럼 수많은 노동력으로 탄생한 고인돌은 평범한 사람이라면 꿈도 꿀 수 없는 매우 화려한 무덤이었어요. 지배자가 살아 있을 때 누렸던 권력이 죽은 뒤에도 계속되었던 셈이에요. 고인돌은 주로 마을이 한눈에 내려다보이는 높은 언덕에 세워졌어요. 자신들을 내려다보고 있는 고인돌을 바라볼 때마다 사람들은 죽은 지배자를 마음속에 깊이 새겼겠지요.

그런데 고인돌 가운데는 한 가족이나 동네 사람들이 함께 묻힌 것도 있어요. 그래서 지배자들의 무덤 외에 가족이나 마을 공동 무덤 구역으로 사용되었을 수도 있다고 추측하고 있어요.

고인돌에 그려진 별자리 지도

평안남도 증산군 용덕리 마을의 고인돌에는 거대한 별자리 지도가 그려져 있어요. 큰곰자리, 작은곰자리, 기린자리, 사냥개자리 등 무려 11개의 별자리가 길이 2미터의 커다란 돌 위에 빼곡하게 그려져 있지요. 이 별자리 지도를 통해 이미 고조선 시대부터 별을 관찰하고 별자리를 기록했다는 사실을 알 수 있어요. 그렇다면 고조선 사람들은 왜 별자리를 기록했던 걸까요?

고조선 사람들은 농사의 성공을 위해 별을 관찰했어요. 한 해 농사가 잘되려면 적당한 비와 충분한 햇볕이 필요한데 어쩌다 홍수나 가뭄과 같은 자연재해가 일어나면 힘들게 농사를 지은 보람도 없이 수확물을 거의 거두지 못했어요. 1년 동안 먹을 곡식을 얻지 못한 사람들은 산과 들을 돌아다니며 나무뿌리나 나무껍질로 배를 채웠어요. 그나마도 모두 동이 나면 쫄쫄 굶는 수밖에 없었지요.

고대 사람들은 이와 같은 자연재해가 왕이 하늘의 뜻을 제대로 받들지 못해 생긴 일이라고 생각했어요. 그래서 이웃 나라 부여에서는 나쁜 날씨 때문에 농사를 망치자 왕에게 그 책임을 물어 왕을 쫓아내는 일도 있었어요.

"날씨와 계절을 미리 알 수만 있다면 얼마나 좋을까!"

고조선의 천문학은 이와 같은 간절한 염원에서 시작되었어요. 하늘을 관측해 해와 달, 별의 흐름을 읽어 절기를 파악함으로써 농사가 잘되게 하려고 했던 것이지요.

고조선 사람들은 매년 하늘을 관찰해 비가 많이 오는 시기, 서리가 내리는 시기, 가뭄이 찾아오는 시기 등 다양한 자연 현상을 기록했어요. 그리고 그 기록을 통해 씨를 뿌리고 수확하기 좋은 때를 알게 되었지요.

순장

살아 있는 사람을 묻은 무덤이 있었다고요?

보통 하나의 무덤에는 죽은 사람만이 들어가요. 그런데 고조선 시대의 유적, 강상 돌무지무덤에서는 무려 140명의 뼈가 한꺼번에 발견되었어요. 한 무덤 안에 왜 이렇게 많은 사람이 묻힌 것일까요?

고대 사회에는 신분이 높은 사람이 죽으면 그 사람을 모시던 노비들을 함께 무덤에 묻는 '순장'이라는 풍습이 있었어요. 강상 무덤에 묻힌 수많은 사람 역시 순장에 의해 희생된 것일 수도 있어요.

그런데 고대 사람들은 왜 살아 있는 사람을 무덤에 묻었을까요?

청동기 시대에 이르러 계급이 생기자 사람들은 서로 지위가 달라졌어요. 재산과 힘을 가진 귀족들은 강력한 권력을 누린 반면, 신분이 가장 낮은 노비들은 그렇지 못했어요. 그들은 귀족의 재산으로 취급되어 언제나 푸대접받았지요. 순장은 이런 신분 차이 때문에 생길 수 있었어요.

고대에는 신분이 높은 사람이 죽으면 그 사람이 평소 아끼던 물건들을 무덤에 껴묻거리로 묻었어요. 이때 죽은 사람이 생전에 거느리던 살아 있는 노비들 역시 죽은 사람의 물건이라고 생각해 함께 묻어 버렸던 거예요.

고조선에서 순장을 했다는 기록과 같은 명확한 증거는 없어요. 하지만 이웃 나라 부여에서는 왕이나 귀족이 죽으면 100명이 넘는 사람들을 순장했다는 기록이 남아 있지요. 그래서 부여와 생활 모습이 매우 비슷했던 고조선 역시 순장을 했을 가능성이 없지는 않다고 보고 있답니다.

다른 사람의 생명을 빼앗는 잔인하고 나쁜 제도인 순장은 이후 오랫동안 이어지다가 역사 속에서 서서히 사라졌어요.

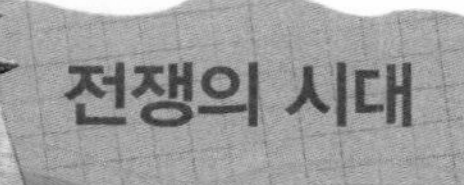

전쟁은 언제부터 시작되었나요?

먼 옛날, 충청남도 부여의 송국리는 하루도 조용할 날이 없었어요. 곡식이 잘 자라는 기름진 땅을 두고 윗마을 사람들과 아랫마을 사람들이 매일같이 다퉜기 때문이에요. 두 마을 중 어느 한쪽도 물러서지 않자 마침내 전쟁이 벌어졌어요. 치열한 결투 끝에 아랫마을 사람들이 승리했어요. 아랫마을 사람들은 윗마을을 불태우고 땅도 차지했지요.

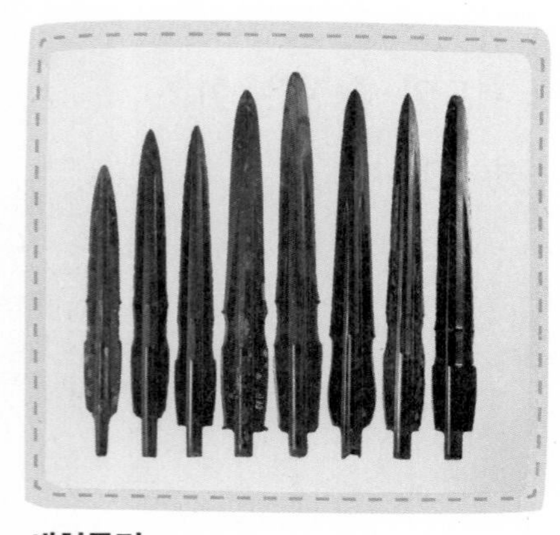
세형동검

청동기 시대에 이르러 재산을 모은 이들은 사람들을 다스리는 지배자 자리에 올라섰어요. 그들은 군사까지 거느리고 있었는데, 다른 부족과 충돌이 생기면 자신의 자리를 지키고 마을을 빼앗기지 않기 위해 전쟁을 벌여야 했지요.

전쟁의 이유는 다양했어요. 송국리처

럼 땅을 두고 벌인 다툼도 있었고, 부족의 세력을 키우기 위한 다툼도 있었지요. 가뭄이 이어져 먹을거리가 떨어지자 식량을 빼앗기 위해 다른 마을을 쳐들어가는 경우도 있었어요. 전쟁에서 진 사람들은 상대편의 노비가 되었기 때문에 지배자들은 더 많은 노비를 얻기 위해서라도 전쟁을 계속 벌였어요.

고조선은 수많은 부족의 전쟁으로 세워진 나라였어요. 전쟁이 활발했던 만큼 무기도 매우 발전했지요. 특히 고조선의 대표 무기인 세형동검은 전쟁에 효율적으로 만들어진 칼이었어요. 세형동검은 비파형 동검과 달리 칼날에 피가 흐르는 홈이 새겨져 있었어요. 이는 상대를 찔렀을 때 피가 좀 더 잘 빠져나갈 수 있게 처리한 장치였어요. 이 외에도 병사들은 쇳조각으로 만든 갑옷을 입거나 말, 수레, 전차 등을 이용해 전쟁에 나섰어요. 나중에는 아예 중국에서 쇠로 만든 무기를 들여오기도 했지요.

8조법

눈에는 눈! 이에는 이!

한 사람이 씩씩거리며 누군가를 끌고 관리를 찾아왔어요.

"이자가 저희 집 닭을 훔쳤습니다!"

관리는 끌려온 남자에게 어디에 사는 누구인지, 무슨 이유로 어떻게 닭을 훔치게 되었는지 자세히 물은 뒤 판결을 내렸어요.

"이자를 '8조법'으로 다스릴 것이다!"

고조선 시대에도 지금처럼 죄를 지은 사람을 처벌하는 법이 있었어요. 바로 8조법이에요. 금지된 것을 어긴 사람을 여덟 가지의 조항에 따라 처벌하는 법률이었지요. 여덟 개의 조항 가운데 현재 전해지는 것은 세 개뿐이에요.

첫째, 사람을 죽인 자는 즉시 사형에 처한다.
둘째, 남에게 상해를 입힌 자는 곡식으로 갚는다.
셋째, 도둑질한 자는 노비로 삼는다. 단, 노비를 면하고자 할 때는 50만 전을 내야 한다.

8조법은 죄를 지은 만큼 강력한 처벌을 내리는 법률이었어요. 마치 '눈에는 눈! 이에는 이!'처럼 말이에요. 그런데 자세히 들여다보면 8조법은 모든 사람에게 평등하지는 않았어요. 곡식이나 돈으로 벌금을 내면 벌을 면할 수 있다는 점 때문에 돈이 많은 귀족들은 죄를 짓고도 벌을 받지 않을 수 있었어요. 반대로 굶주림을 참다못해 도둑질을 한 가난한 평민들은 죄를 면할 곡식이나 돈이 없어 노비가 되고 말았지요.

하지만 대부분의 고조선 사람들은 죄를 짓는 것을 매우 부끄럽게 여겼어요. 그래서 죄를 지은 사람이 벌금을 물고 벌을 받지 않았다 하더라도 이를 수치스럽게 여겨 아무도 그 사람과 결혼하지 않았다고 해요.

고조선 사람들은 어떤 문자를 사용했나요?

문자란 눈에 보이지 않는 말을 눈에 보이는 기호로 쓴 것이에요. 한글은 1443년, 조선 시대 때 세종 대왕이 창제한 우리 민족 고유의 문자이지요. 한글이 발명되기 이전에 사람들은 어떤 문자를 사용했을까요? 아직 한글이 없었던 삼국 시대부터 조선 시대 초까지는 중국의 문자인 한자를 사용했어요. 그렇다면 한자마저 없었던 시대에는 어떤 문자가 있었을까요?

원시 시대의 사람들은 대부분 그림으로 글자를 대신했어요. 아직 문자가 없었던 시절, 사람들은 사냥에 나갔다 본 동물이나 신비로운 자연 현상을 그림으로 그려 자신의 생각을 표현했지요. 이 그림 문자를 '회화 문자'라고 해요. 울산 대곡리 반구대 바위그림 위에 그려진 여러 가지 동물 그림이나 울주 천전리 바위 위의 무늬가 바로 이에 해당해요.

우리 겨레가 최초로 세운 국가, 고조선에서는 어떤 문자를 사용

했을까요? 고조선 문자에 대한 기록이 남아 있지 않기 때문에 확실히 알 수는 없어요. 그런데 고조선의 여러 유적에는 고조선 시대에도 문자를 사용했음을 추측할 수 있는 단서들이 남아 있어요.

중국 랴오닝 성의 요령 윤가촌 유적 12호 무덤에서 발견된 접시에는 신기한 글자가 쓰여 있어요. 언뜻 보면 알파벳 'X' 자 같기도 하고 한자의 '火' 자 같기도 한 이 문자는 세계의 어디에도 없는 모양이에요. 역사학자들은 그릇에 새겨진 이 글자가 고조선에서 사용하던 고유의 문자가 아니었을까 추측했어요. 고조선이 중국과 매우 활발히 무역을 했다는 점도 이 추측에 힘을 보탤 수 있어요. 교역을 하려면 물건이 오고 간 내용을 표시하고, 주고받은 것을 기록해야 했는데 이를 위해서 반드시 문자가 필요했을 테니까요.

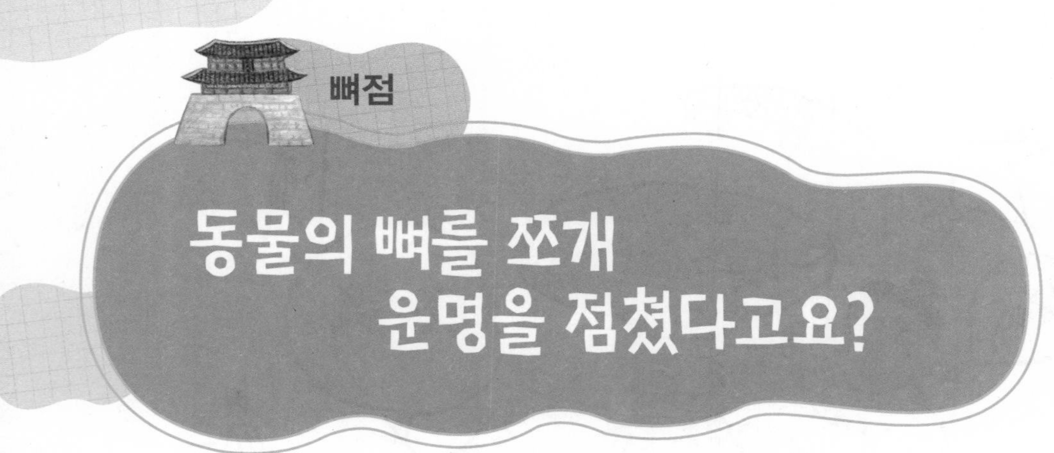

동물의 뼈를 쪼개 운명을 점쳤다고요?

"옆 나라와 전쟁을 벌여도 좋은지 점을 쳐 보도록 하라."

왕의 명령에 점술가는 동물의 뼈를 탁자 위에 올렸어요. 왕과 관리들은 점술가의 행동에 시선을 집중했어요. 꼴깍! 누군가의 목구멍으로 침이 넘어가는 소리까지 들릴 만큼 왕과 관리들 사이에는 긴장이 감돌았지요.

이처럼 고대 사회에서는 나라의 큰일을 앞두고 국가의 운명을 점치기 위해 동물의 뼈로 점을 보았어요. 이를 바로 '뼈점'이라고 해요. 뼈점에는 초식 동물의 주걱뼈나 발굽, 거북의 등딱지가 사용되었는데 한반도에서는 주로 사슴의 주걱뼈가 발견되었지요. 그렇다면 동물의 뼈로 어떻게 점을 쳤을까요?

점뼈로 쓴 사슴의 주걱뼈는 주걱 모양의 긴 세모꼴이었어요. 넓적한 부분은 매우 얇아 충격을 받거나 열에 가해졌을 때 잘 갈라지는 특징이 있지요. 고대 사람들은 이 부분을 불에 달군 도구로 지져

뼈가 갈라지거나 깨지게 만들었어요. 그리고 그 모양을 해석해 점을 쳤던 거예요. 왕과 관리들은 뼈점에서 좋은 점괘가 나오면 준비했던 일을 막힘없이 진행했어요. 하지만 불길한 점괘가 나올 경우에는 나라에 큰 화가 닥칠까 몸가짐을 조심하며 계획했던 일을 뒤로 미루었어요. 무산 범의 구석 유적에는 이와 같이 고대 사람들이 점을 쳤던 동물의 뼈가 남아 있지요.

이웃 나라인 부여에서는 소의 발굽으로 점을 쳤다고 해요. 우선 소를 잡아 하늘에 제사를 지냈어요. 그 다음에 소의 발굽을 관찰하여 굽이 벌어져 있으면 불길하다고 생각했고, 합쳐져 있으면 좋은 징조로 여겼어요.

이처럼 고대 사회에서는 나라의 중요한 일을 앞두었을 때, 점을 치는 것으로 하늘에 뜻을 물어 결정을 내렸답니다.

옷감을 줄 테니 기와를 다오!

중국에서 고조선으로 향하는 교역로에는 등에 짐을 잔뜩 짊어진 장사꾼들의 행렬이 끝도 없이 이어졌어요. 중국과 고조선을 오가며 물건을 파는 장사꾼들 중에는 두 나라를 오가기 편한 교역로 근처에 아예 집을 지어 사는 사람들도 있었지요.

한반도의 청동기 시대 유적에서는 중국의 화폐나 일본의 질그릇 등이 발견되곤 해요. 이를 통해 우리는 한반도의 국가들이 오래전부터 주변 나라와 활발하게 교류했다는 사실을 알 수 있어요.

교통이 발전하지 않았던 때라 상인들은 주로 발품을 팔아 나라와 나라 사이를 오갔어요. 조금 사정이 나은 상인의 경우에는 말을 타고 이동했지요. 그런데 고조선이 막 생길 무렵, 중국의 산둥 반도와 한반도의 서북 지방 사이를 연결하는 바닷길이 열렸어요. 바다를 통해 중국과 이동할 수 있게 된 데에는 한반도의 발전된 조선 기술이 큰 몫을 했어요. 여기에서 조선이란 배를 만드는 일을 말해요.

한반도 사람들은 이미 신석기 시대 후기부터 험난한 바다에서도 끄떡없을 만큼 튼튼한 배를 만드는 기술을 갖고 있었어요.

바다를 통한 교역로가 열리자 중국과 한반도를 오가는 시간이 많이 줄어들었고 두 나라 사이의 교역은 더욱 활기를 띠었어요. 중국 상인들은 고조선으로 철기를 들여왔고, 고조선 상인들은 최고급 베와 짐승 가죽, 싸리나무로 만든 화살 등을 중국에 수출했지요. 특히 부여, 고구려, 동예의 말은 중국에서도 명마로 인정받았어요. 높은 수준을 자랑하는 고조선의 물건들은 중국에서도 인기가 좋았답니다.

고조선 시대에도 화폐가 있었다고요?

물건을 사려면 동전이나 지폐로 값을 치러야 해요. 이처럼 무언가를 사고파는 대가로 사용하는 것을 바로 '화폐'라고 해요. 이웃 나라와 활발하게 교역을 했던 고조선 사람들 역시 물건의 대가를 치를 화폐가 필요했을 거예요. 그렇다면 고조선 사람들은 어떤 화폐를 사용했을까요?

고조선의 법률 '8조법'을 보면 도둑질을 한 사람은 50만 전을 내야 한다는 조항이 있어요. 이를 통해 우리는 고조선 사람들이 '전'이라는 단위의 화폐를 사용했음을 알 수 있어요. 하지만 아직 고조선의 화폐에 대한 기록이나 유물이 발견되지 않아 고조선 사람들이 정확히 어떤 화폐를 이용했는지 알 수 없지요.

화폐의 맨 처음은 서로 필요한 물건을 교환하는 물물 교환이었어요. 물고기를 가진 사람과 곡식을 가진 사람이 서로의 물건을 맞바꾸는 식이었지요. 이후에 조개껍데기나 곡물, 베 등이 물품 화폐로 사용되다가 금, 은, 동 등으로 만든 금속 화폐가 쓰이게 됐어요.

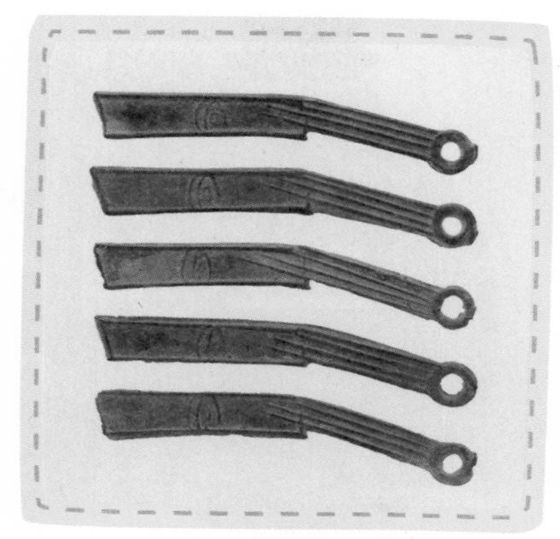
연나라의 화폐, **명도전**

당시 고조선의 교역이 더욱 활발해지자 새로운 종류의 화폐가 등장했어요. 바로 명도전이에요. 명도전은 '명(明)'이라는 글자가 새겨진 칼 모양의 쇳덩이로 연나라의 화폐였어요. 고조선에 들어온 연 사람들이 물건을 살 때 명도전으로 값을 치르기 시작하면서 고조선에서도 자연스럽게 사용되었지요. 그 결과, 고조선의 유적 곳곳에서는 명도전이 많이 발견되었어요. 때로는 수백, 수천 묶음이 한 번에 출토되기도 했지요. 이는 곧 고조선과 연의 교역이 매우 활발했음을 의미해요.

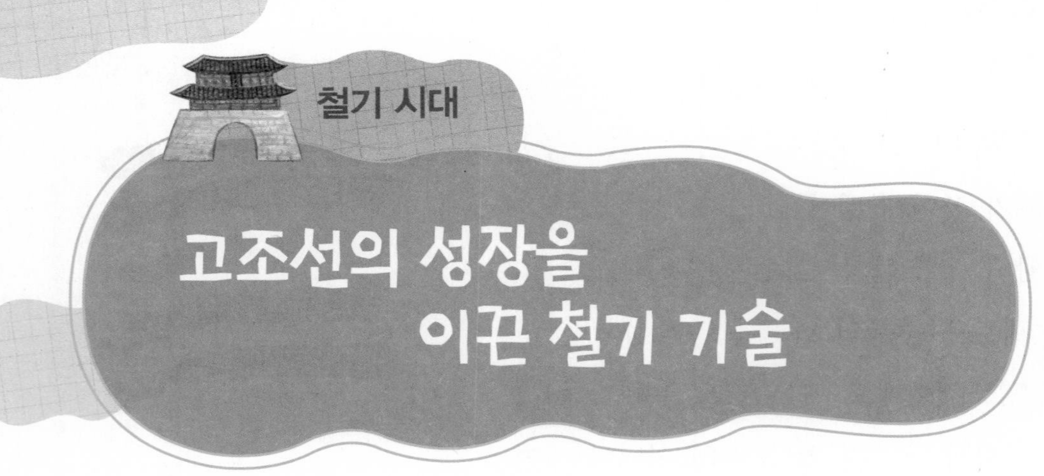

철기 시대

고조선의 성장을 이끈 철기 기술

기원전 4세기, 중국 백성들은 매일같이 전쟁에 시달렸어요. 중국의 여러 나라가 서로 세력을 넓히기 위해 전쟁을 멈추지 않았기 때문이지요. 이를 견디다 못한 중국 백성들은 자신의 나라를 떠나 이곳저곳을 떠돌며 살았어요. 그러던 어느 날, 중국 백성들은 동쪽에 있는 '조선'이라는 나라가 점점 힘이 커지고 있다는 소문을 들었어요. 당시 고조선은 대동강 유역을 중심으로 활동하며 랴오둥 반도까지 힘을 뻗어 가고 있었지요.

"조선이라는 나라가 살기 좋다고 하니 그곳으로 가 봐야겠다!"

그렇게 고조선에는 살길을 찾아 떠돌던 중국 백성들이 많이 들어왔어요. 고조선 사람들은 앞선 철기 문화를 지닌 중국 백성들에게 철을 만드는 기술을 배웠어요. 그리고 점차 그 기술을 발전시켜 고조선만의 철기 문화를 갖게 되었어요.

고조선에서 본격적으로 철기를 만들게 된 것은 이로부터 300년

이 지난 기원전 1세기 무렵이에요. 기원전 108년, 한나라에서 고조선 땅에 낙랑군을 설치하면서 철기를 제대로 생산하게 되었지요. 그전까지는 대부분 중국의 철기를 들여와 사용했어요.

철기의 사용은 고조선이 부강한 나라로 성장하는 데 큰 역할을 했어요. 단단하고 날카로운 철기는 농기구와 무기의 발전을 가져왔거든요. 무엇보다 고조선 땅에는 철을 만들기 위해 필요한 철광석이 매우 풍부해 철기 문화에 유리한 환경을 갖추고 있었지요. 철로 쇠도끼나 쇠낫 같은 농기구를 만들어 사용하자 생산력이 한층 좋아졌고, 검이나 화살촉 같은 무기를 만들자 군사력이 더욱 튼튼해졌어요. 점점 힘이 커지고 있던 고조선은 철기 문화의 유입으로 더욱 승승장구하게 되었답니다.

쇠가래

쇠낫

쇠도끼

더 단단하고 더 튼튼하게!

신입 토기 기술자는 떨리는 마음으로 가마 앞에 서 있었어요. 늘 잔심부름만 하다가 오늘은 특별히 가마 안에서 토기를 꺼내는 임무를 맡았기 때문이에요. 신입 기술자는 긴장된 마음으로 가마 안에서 토기를 꺼냈어요. 그런데 그만 손이 미끄러져 갓 구운 토기를 바닥에 떨어뜨리고 말았어요. 땡그랑! 신입 기술자는 질끈 감았던 눈을 뜨고 떨어진 토기를 조심스레 살펴봤어요. 신기하게도 토기는 상처 하나 없이 깨끗했어요. 이전의 토기라면 상상도 할 수 없는 일이었지요.

철을 다루는 기술이 발전하자 덩달아 토기를 만드는 기술 역시 향상되었어요. 질그릇의 완성도는 어떤 불로 어떻게 굽느냐에 따라 매우 달랐어요. 이전까지의 그릇들은 비교적 낮은 온도인 섭씨 600도에서 800도 사이에서 구워졌어요. 그런데 철을 녹이기 위해 열을 섭씨 1,000도 이상으로 올리는 기술이 생기자 그릇을 전보다 더 튼튼하게 만들 수 있게 된 거예요.

토기를 굽는 가마 역시 발전했어요. 땅 위에 불을 피워 그릇을 굽던 가마 대신 이제는 땅속 깊숙이 굴을 파서 만든 가마를 사용했어요. 사방이 막힌 가마에서 그릇을 구우면 그릇 전체에 열기가 골고루 전달되어 잘 깨지지 않는 그릇이 완성되었지요. 이렇게 구운 토기는 회청색을 띠어서 회청색의 단단한 토기라는 뜻의 '회청색 경질 토기'라는 이름을 얻었어요.

회청색 경질 토기를 만들 때 또 한 가지 중요한 과정이 있었어요. 바로 '박자'라는 나무 도구로 그릇의 표면과 안쪽을 톡톡 두들겨 무늬를 새기는 것이었지요. 그릇에 생긴 무늬는 높은 열로 그릇을 구울 때 모양이 일그러지거나 깨지는 것을 막아 주었어요. 이렇게 완성된 회청색 경질 토기는 이전의 그릇들과 달리 음식을 끓일 때도 흙이 녹아 나오지 않았답니다.

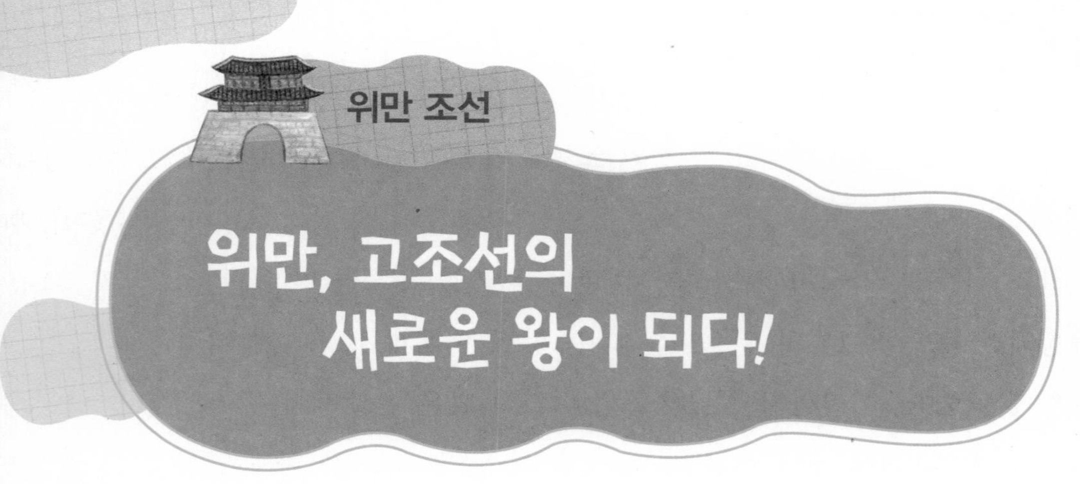

위만, 고조선의 새로운 왕이 되다!

중국 연나라의 왕 노관은 매일매일 불안에 떨었어요. 중국을 통일한 진나라를 물리치고 한나라를 세운 유방이 유능한 신하들을 죽이고 있었기 때문이지요.

"신하들까지 죽이는 마당에 나라고 화를 안 입으라는 법은 없지!"

결국 노관은 반란을 일으켰어요. 하지만 반란이 실패하자 유방을 피해 북방의 흉노족으로 도망을 가 버렸어요. 노관을 모시던 위만이라는 관리는 하루아침에 갈 곳을 잃었어요. 결국 위만은 이웃 나라인 고조선으로 건너와 고조선의 왕 준왕의 신하가 되었어요.

준왕은 똑똑한 데다 사람들까지 잘 다스리는 위만이 매우 마음에 들었어요. 그래서 서쪽 지방의 백성들을 관리하도록 했지요. 뛰어난 능력으로 서쪽 지방을 잘 다스리던 위만은 조금씩 자신을 따르는 무리가 늘어나자 왕의 자리가 탐났어요. 결국 기원전 194년 무렵, 위만은 자신을 지지하는 백성들에게 힘입어 준왕을 몰아내고 고조선의 새로운 왕이 되었어요. 위만이 다스리는 '위만 조선'의 시대가 시작된 거예요.

위만은 중국의 철기 문화를 받아들여 군사력을 튼튼히 하고 힘이 센 한과 평화 협정을 맺었어요. 그리고 힘을 더욱 키워 옥저와 임둔, 진번 같은 주변의 작은 나라들을 정복해 영토를 넓혀 갔지요.

그런데 연에서 온 위만이 세운 위만 조선도 우리 민족의 국가라고 할 수 있을까요? 위만은 연에서 넘어올 때, 조선 사람처럼 상투를 틀고 조선의 옷을 입고 있었다고 해요. 이 때문에 위만이 조선 사람의 자손이라는 설도 있지요. 뿐만 아니라 위만은 왕이 된 후에도 '조선'이라는 이름을 그대로 사용했으며 조선 관리들도 내쫓지 않고 높은 관직에 두었어요. 이와 같은 이유로 위만 조선은 고조선의 체제를 그대로 유지해 고조선 왕조를 이어 나간 우리 민족의 나라라고 할 수 있어요.

고조선의 신분 제도

귀족은 귀족끼리, 노비는 노비끼리

고조선은 신분에 따라 지위가 나누어진 계급 사회였어요. 고조선에서 지위가 가장 높은 사람은 역시 왕이었지요. 고조선의 왕권은 시간이 지날수록 강력해져 기원전 3세기 이후에는 아버지가 아들에게 왕의 자리를 물려주는 전통이 생겼어요.

왕 다음으로 가장 높은 귀족은 '상'이었어요. 정치를 담당하는 상은 비록 왕의 신하였지만 왕에게 나라의 문제를 충고할 수 있을 만큼 큰 힘을 갖고 있었어요. 이는 상들이 대부분 각 지방에서 자기 세력을 든

든히 갖고 있는 지배자들이었기 때문이에요.

상들은 막대한 부를 바탕으로 매우 화려한 생활을 했어요. 이동을 할 땐 말이 끄는 수레를 타고 다녔고 값비싼 비단옷을 즐겨 입었어요. 신분을 과시하기 위해 세형동검을 비롯한 온갖 장신구로 몸을 치장하고 다녔지요. 고조선의 전체 인구 가운데 상의 비율은 매우 낮았지만 이들은 고조선의 토지와 재산, 노비의 대부분을 소유하고 있었어요.

이와 달리 고조선 인구의 대부분을 차지하는 평민들은 농사와 수공업을 하며 힘겹게 살아갔어요. 평민은 누구에게도 얽매이지 않는 자유로운 신분을 가졌지만, 왕과 귀족들에게 강제로 재산을 빼앗기는 일이 워낙 많아 노비와 다를 바가 없었다고 해요.

가장 신분이 낮은 노비는 귀족인 주인을 섬기며 온갖 힘든 일들을 도맡아서 했어요. 이들은 대부분 전쟁에서 패해 인질로 끌려왔거나 죄를 지어 신분이 낮아진 사람들이었어요.

고조선은 지배하는 계층과 지배를 당하는 계층으로 구분된 철저한 신분 사회였어요. 부모의 신분은 자식에게 그대로 이어졌기 때문에 귀족들은 대를 이어 부를 누렸지만, 평민과 노비는 아무리 노력해도 귀족과의 경제적 차이를 극복할 수 없었어요. 태어나는 순간부터 신분과 운명이 결정되는 불평등한 시대였답니다.

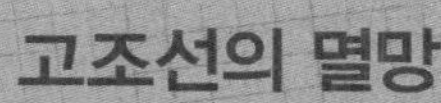

고조선의 멸망

왕검성으로 진격하라!

고조선의 힘이 점점 커지자 중국 한나라의 지배자 무제는 매우 초조해졌어요.

"아무래도 조선에 경고를 좀 해야겠구나. 사신 섭하를 조선으로 보내거라!"

고조선에 도착한 섭하는 고조선의 왕 우거왕에게 한의 뜻을 순순히 따르라는 명을 전했어요. 하지만 고조선은 한의 요구를 받아들일 수 없다며 섭하를 그냥 돌려보냈지요. 화가 난 섭하는 고조선의 장수를 죽이고 한으로 도망을 쳤어요. 그런데 섭하는 벌을 받기는커녕 오히려 무제에게 큰 벼슬을 받았어요. 이 소식을 듣고 분노한 우거왕은 군사를 보내 섭하를 죽였어요.

이 사건을 계기로 고조선과 한 사이에 전쟁이 시작되었어요. 기원전 109년에 5만 7,000여 명에 이르는 한의 군사들은 바다와 땅 양쪽에서 고조선의 수도 왕검성으로 쳐들어왔어요. 하지만 그리 쉽게 한에 당할 고조선이 아니었어요. 고조선은 험한 지형을 이용해 첫 싸움에서 큰 승리를 거두었어요. 이에 당황한 무제는 사신을 보내 협상을 제안했지만 양쪽 나라 사람들은 서로를 믿지 못해 협상은 실패하고 말았어요.

다시 전쟁이 시작되자 왕검성에 갇혀 있던 고조선의 관리들은 서서히 갈라지기 시작했어요.

"어쩔 수 없습니다. 항복해야 합니다!"

"아닙니다. 끝까지 저항해야 합니다!"

우거왕이 한에게 끝까지 맞서기로 결정하자 관리들 가운데 다른 나라로 몰래 도망을 가는 사람들이 생겼어요. 그리고 그중 '참'이라는 관리가 사람을 보내 우거왕을 죽이고 한에 항복을 외쳤어요. 결국 우거왕의 죽음으로 왕검성은 끝내 한의 군사들에게 함락됐어요. 이로써 동북아시아의 강력한 국가, 고조선은 찬란했던 역사를 뒤로 한 채 멸망하고 말았어요.

한사군

한나라의 지배를 받은 고조선 땅이 있었다고요?

한나라의 지배자 무제는 고조선이 멸망하자 승리의 기쁨에 가득 취했어요.

"이제 고조선을 한의 땅으로 다스릴 것이니 고조선에 4군을 설치하라!"

무제의 명령으로 기원전 108년, 고조선의 낙랑, 진번, 임둔, 현도 지역에 4군이 설치되었어요. 이를 한나라의 지배를 받은 4개의 군이라 하여 '한사군'이라고 해요.

한은 4군을 설치하고 본격적으로 고조선을 다스리려 했어요. 그러나 제대로 다스려 보기도 전에 진번군과 임둔군은 없어졌고, 현도군 역시 고구려 세력에 쫓겨나듯 랴오허 강 유역으로 자리를 옮겼다가 사라졌지요. 마지막으로 남은 것은 낙랑군뿐이었어요. 313년까지 대동강 유역에서 버티던 낙랑군마저 고구려 미천왕에게 정복되자 한사군은 마침내 고조선의 땅에서 완전히 사라졌어요.

한사군은 짧은 시간 동안 우리 땅에 머물다 사라졌지만, 그를 통해 우리 문화에 여러 가지 영향을 끼쳤어요. 특히 4군 가운데 가장 오랫동안 유지되었던 낙랑군은 중국의 문물을 우리에게 알리는 데 큰 역할을 했지요. 광석에서 금속을 골라내는 야금술을 비롯하여 토기 제작법, 농업 기술, 철기 문화, 한문 등 다양한 중국의 문물이 낙랑군을 통해 들어왔어요. 그러나 부정적인 영향도 있었어요. 사치가 심해지고 고조선의 좋은 풍속이 파괴되는 등 사회 분위기가 나빠지고 범죄도 많이 일어났어요.

한사군으로 비롯된 새로운 문물의 유입은 한반도에서 막 성장하기 시작한 고구려, 백제, 신라에도 큰 영향을 미쳐 삼국 문화가 꽃피우는 데 좋은 밑거름이 되었답니다.

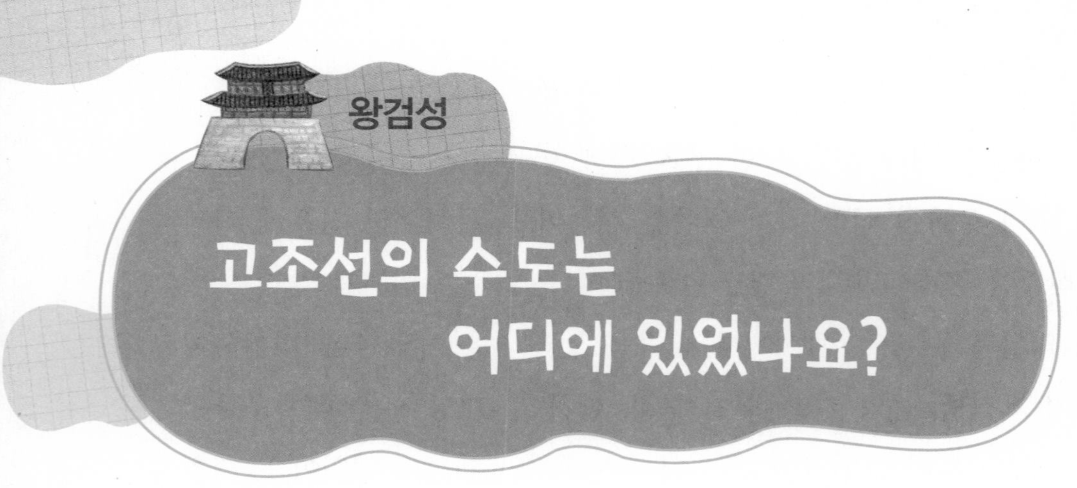

고조선의 수도는 어디에 있었나요?

고조선의 도읍지인 왕검성의 위치는 여전히 역사학자들 사이에서 의견이 분분해요. 이는 여러 기록마다 고조선의 수도가 다르게 쓰여 있기 때문이지요. 왕검성의 위치는 크게 평양과 랴오둥 지방으로 좁혀져요. 학자들이 평양과 랴오둥 지방을 고조선의 수도, 왕검성이라고 주장하는 근거는 무엇일까요?

왕검성이 평양에 있었다고 주장하는 학자들은 이렇게 말을 해요.

"《삼국유사》에는 단군이 고조선을 세우고 수도를 정한 곳이 '평양성'이라고 되어 있어요. 이 평양성은 지금의 평양이지요. 준왕을 몰아내고 고조선을 새롭게 다스린 위만은 '왕검성'에 수도를 정했다고 하는데 왕검성은 이름만 다를 뿐 평양과 동일한 지역일 거예요. 이것은 평양 대동강 부근에서 낙랑군의 유물이 발견된 것만 봐도 알 수 있지요. 낙랑군은 한나라가 고조선을 멸망시킨 후에 고조선의 수도에 설치한 것이니까요. 평양에서 낙랑군의 유물이 나왔다는 것

은 즉, 고조선이 멸망하는 날까지 고조선의 수도가 평양이었음을 뜻해요."

반대로 왕검성이 랴오둥 지방에 있었다고 주장하는 학자들은 이렇게 말해요.

"왕검성은 랴오둥 지방에 있었어요. 고조선 시대의 유물인 비파형 동검과 순장 무덤은 한반도의 북쪽인 만주 지역에서 주로 발견되지요. 랴오둥 지방 역시 순장 무덤이 많이 발견된 지역이에요. 고조선의 유물이 한꺼번에 발견되었다면 그곳은 분명 고조선의 중심지, 곧 수도였던 왕검성이라고 할 수 있어요."

이처럼 역사학자들 사이에서는 아직도 평양과 랴오둥 지방을 두고 왕검성의 위치에 대한 팽팽한 의견이 맞서고 있어요. 고조선의 위대한 역사와 함께했던 왕검성은 대체 어디에 있었던 걸까요? 왕검성의 위치는 여전히 풀리지 않는 수수께끼로 남아 있어요.

〈위지 동이전〉

《삼국지》에 우리나라가 등장한다고요?

여러분은 혹시 《삼국지》라는 책에 대해 들어 본 적이 있나요? 《삼국지》는 위나라, 촉나라, 오나라가 서로 세력 싸움을 하던 중국 삼국 시대의 역사를 기록한 책이에요. 유비, 관우, 장비가 등장하는 소설 《삼국지연의》와는 다른 책이지요. 중국의 학자 진수가 쓴 것으로 알려진 《삼국지》는 중국에서도 가장 훌륭한 역사책으로 통해요. 그런데 바로 이 《삼국지》에 한반도의 고대 국가들이 등장한다는 사실 알고 있나요?

《삼국지》에서 위의 역사를 기록한 부분을 〈위지〉라고 해요. 이 〈위지〉에는 고조선과 부여, 동예, 옥저, 삼한 등 한반도에 살았던 여러 나라에 대한 기록이 담겨 있어요. 〈위지〉에서는 한반도의 나라들을 동쪽 오랑캐라는 뜻의 동이라고 부르며 그들의 생활을 기록하고 있는데 이것이 바로 '동이전'이에요. 〈위지〉에 기록된 동이전이라 하여 〈위지 동이전〉이라고도 부르지요.

이 중 부여에 관해서는 위치와 영역, 순장 등의 풍습을 기록했고, 고구려에 대해서는 동명왕 탄생 설화와 제천 행사, 혼인 풍속 등을 담았어요. 중국과 상대적으로 좋은 관계를 유지했던 부여는 '성격이 강하고 용감하다.'라고 긍정적으로 적은 데 반해 고구려는 '성격이 흉악하고 급하여 침략을 즐긴다.'라고 부정적으로 묘사했지요.

《삼국지》는 한국의 가장 오래된 역사책인 《삼국사기》보다 900년 이상 앞서 있어요. 《삼국사기》에도 실려 있지 않은 우리나라 초기 국가들의 다양한 생활 모습을 알 수 있다는 점에서 우리 민족에게도 매우 소중한 자료지요. 하지만 중국 학자의 입장에 쓴 책이기 때문에 있는 그대로의 우리 역사라고 믿는 것은 매우 위험해요. 역사는 어느 시선에서 바라보느냐에 따라 매우 달라질 수 있거든요.

우리 역사의 또 다른 뿌리

여러분은 부여라는 나라에 대해 알고 있나요? 부여는 고조선과 더불어 우리 역사의 뿌리에 해당하는 중요한 나라예요. 기원전 2세기 무렵, 고조선의 북서쪽에 있었던 부여는 쑹화 강 유역을 중심으로 북쪽으로는 쑹넌 평원, 남쪽으로는 쑹랴오 평원을 개척한 국가로 494년까지 존재했어요.

부여라는 이름은 넓은 들판을 뜻하는 '벌', '부리'라는 말에서 왔다고 해요. 만주어로 사슴을 뜻하는 '뿌우(puhu)'에서 왔다는 설도 있지만 넓은 평원 지대에 있었던 부여의 위치를 생각해 봤을 때, 벌과 부리에서 유래된 것이 더욱 타당해 보여요.

부여는 고구려와 백제, 발해 건국의 바탕이 되었기 때문에 우리 역사의 뿌리라고도 할 수 있어요. 고구려를 세운 주몽의 무리는 바로 부여의 중심 터전이었던 쑹화 강 유역에서 나왔지요. 주몽의 무리는 압록강에 진출하여 졸본 부여, 곧 고구려를 세웠어요.

고구려보다 앞서 압록강 주변에 살고 있던 주민들은 힘센 고구려에 밀려 남쪽으로 내려갔어요. 그리고 한강 유역에서 백제를 세웠지요. 이들 역시 부여족이었기 때문에 백제를 세운 뒤에도 '부여 씨'라는 성을 버리지 않고 부여의 시조에게 계속 제사를 지냈어요.

이처럼 고구려와 백제를 세운 사람들은 모두 부여에 뿌리를 두고 있었어요. 고구려의 장수 대조영이 건국한 발해 역시 부여에서 뻗어 나온 나라지요. 중국 송나라 때의 역사책 《무경총요》에서는 고구려를 계승한 발해에 대해 부여의 '별종'이라고 했어요. 발해가 부여에서 떨어져 나가 세워진 나라라는 뜻이지요.

하지만 이런 역사적 가치에 비해 부여에 대한 연구는 아직도 매우 부족해요. 이것이 바로 우리가 부여의 역사를 공부하는 데 앞장서야만 하는 이유지요. 먼저 관심을 갖고 열심히 역사를 공부하는 것은 소중한 역사를 지키기 위해 후손들이 꼭 해야 할 일이에요.

하늘의 아들이 태어났다!

옛날 옛적, 색리국이라는 나라에서 왕의 시중을 드는 시녀가 갑자기 임신을 했어요. 화가 난 왕이 시녀를 해치려 하자 시녀는 왕에게 말했어요.

"하늘에서 달걀만 한 기운이 내려와 임신을 하고 말았습니다."

얼마 뒤, 시녀는 건강한 남자아이를 낳았어요. 왕은 시녀의 아들이 불길한 아이라 생각하여 돼지우리에 버리라고 명했어요. 그런데 군사들이 우리 안에 아이를 버리자 돼지들이 아이 주변으로 몰려들어 입김을 불어 넣었어요. 화가 난 왕은 아이를 마구간에 다시 버렸어요. 하지만 말들 역시 아이에게 숨을 불어 넣어 아이가 죽지 않도록 보호했지요. 그제야 왕은 남자아이가 하늘의 아들임을 알아차리고 어미에게 돌려보내 키우도록 했어요. 그리고 그 아이의 이름

을 '동명'이라 불렀지요.

동명은 튼튼하게 자라 말타기와 활쏘기의 명수가 되었어요. 왕은 하루가 다르게 용맹해지는 동명의 모습에 덜컥 겁이 났어요.

"동명이 다 자라면 분명 내 나라를 빼앗고 말 것이다!"

왕이 동명을 죽이려 하자 동명은 남쪽으로 도망쳐 시암수라는 강에 이르렀어요. 커다란 강 앞에서 막막해진 동명은 하늘에 기도를 올린 후 활로 강물을 내리쳤어요. 그러자 물고기와 자라가 강 위로 떠올라 동명이 강을 무사히 건널 수 있게 도와주었어요. 이리하여 왕의 군사들을 따돌리고 새로운 땅에 도착한 동명은 부여를 세우고 왕이 되었어요.

이 이야기는 동명왕이 부여를 세운 과정을 담은 이야기예요. 동명왕의 위상을 높이기 위해 신비로운 내용이 섞여 있지만, 이 이야기를 통해 우리는 색리국을 떠나 남쪽으로 내려온 동명이 부여를 세웠다는 사실을 알 수 있어요.

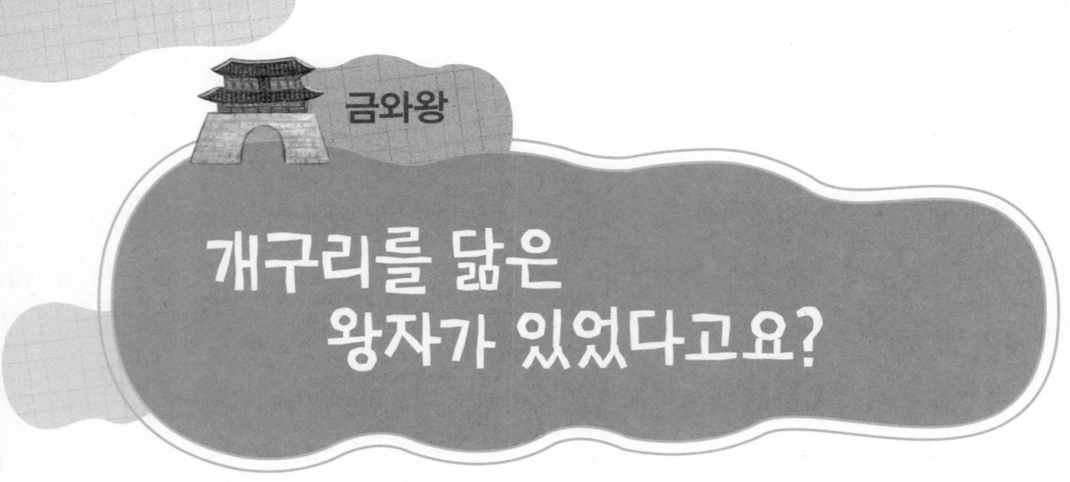

개구리를 닮은 왕자가 있었다고요?

"하늘이시여! 제게 아들을 내려 주시옵소서!"

부여의 왕 해부루는 늙도록 아들이 없자 하늘에 제사를 지내 아들을 낳게 해 달라고 기도했어요. 하루는 해부루가 탄 말이 곤연이라는 연못에 이르러 큰 바위를 바라보며 눈물을 흘렸어요. 깜짝 놀란 해부루가 신하에게 큰 바위를 살펴보게 하자 바위 아래에서 개구리처럼 생긴 아이가 금빛으로 빛나고 있었어요.

"하늘이 내게 드디어 아이를 내려 주셨구나!"

해부루는 크게 기뻐하며 이 아이를 데려가 아들로 삼았어요. 그리고 금빛 개구리라는 뜻으로 '금와'라는 이름을 지어 주었지요. 금와는 훗날 해부루의 뒤를 이어 왕이 되었어요.

한편, 부여의 왕 해부루에게는 아란불이라는 재상이 있었어요. 어느 날, 아란불은 기묘한 꿈을 꾸었어요. 꿈속에 하느님이 나타나 아란불에게 다음과 같이 명한 거예요.

"내 자손이 이곳에 나라를 세울 터이니 너희들은 동쪽 가섭원으로 옮겨 가도록 하여라."

아란불이 이 사실을 왕에게 고하자 왕은 나라를 옮기고 그곳을 동부여라 하였어요.

금와왕의 설화를 읽고 나면 한 가지 의문이 들어요. 분명 동명왕 설화에서는 동명이 부여를 세운 왕이라고 되어 있는데 금와왕 설화에서는 해부루가 부여의 왕으로 기록되어 있기 때문이지요. 부여의 건국 설화는 이처럼 두 가지 이야기가 존재해요. 동명왕 설화는 북쪽에서 내려온 사람들이 '부여'를 세운 이야기를 담고 있고, 금와왕 설화는 해부루와 금와가 '동부여'를 세운 이야기를 담고 있지요. 부여가 세력을 넓혀 가고 있을 시기, 새롭게 나타난 금와라는 사람이 동부여의 왕이 되자 동부여 사람들은 금와왕 설화라는 동부여만의 이야기를 만들었던 거예요.

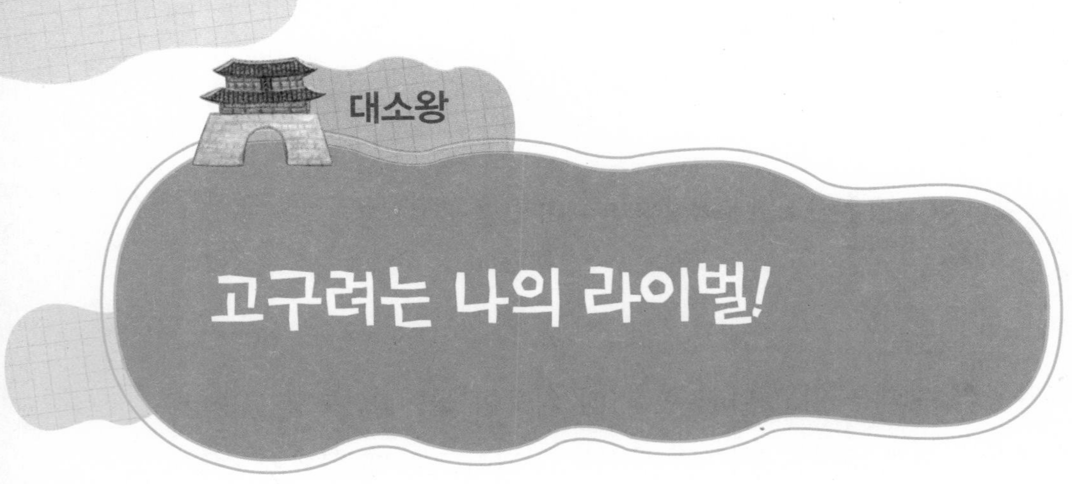

금와왕의 장남으로 태어난 대소는 배다른 형제인 주몽을 싫어했어요. 주몽이 금와왕의 아들 중 가장 용맹하고 뛰어났기 때문이지요. 대소는 몇 번씩이나 금와왕에게 주몽을 죽일 것을 청했어요.

"주몽은 성격이 사나우니 부여의 앞날에 해를 끼칠 것입니다!"

하지만 금와왕은 번번이 대소의 말을 거절했지요. 그러자 대소는 직접 주몽을 죽이기 위해 움직였어요. 이를 눈치챈 주몽은 부여를 탈출해 기원전 37년, 고구려를 건국했어요.

이후 부여의 새로운 왕이 된 대소왕은 주몽이 세운 고구려가 계속 못마땅했어요. 그래서 고구려에 사신을 보내 서로 인질을 교환하자고 했어요. 주몽의 뒤를 이은 유리왕은 알겠다고 했지만, 태자 도절은 두려워서 가지 않았어요. 화가 난 대소왕은 고구려를 공격했지요. 그런데 큰 눈이 내려 후퇴할 수밖에 없었어요. 그래도 대소왕은 포기하지 않았어요. 얼마 후, 다시 고구려에 부여를 섬길 것을 강요

했어요. 유리왕은 어쩔 수 없이 따르려고 했으나 죽은 도절에 이어 태자가 된 똑똑한 무휼이 외교 담판을 지어 이를 거절했어요. 몇 년 후, 다시 대소왕은 고구려를 공격했지만 무휼에게 크게 졌어요.

이후 무휼은 왕위를 이어받아 고구려의 대무신왕이 되었어요. 기원전 20년에 대소왕은 부여가 고구려를 차지한다는 뜻으로, 머리는 하나이고 몸은 둘인 붉은 까마귀를 보냈지요. 그러나 대무신왕은 오히려 고구려가 부여를 합칠 징표인 까마귀라고 큰소리를 쳤어요. 이를 전해 들은 대소왕은 매우 후회했어요.

얼마 뒤, 이번에는 대무신왕이 부여를 공격했어요. 대소왕은 고구려군을 기습하다가 고구려의 장군 괴유에게 죽었어요. 대소왕이 죽은 후 부여는 혼란에 빠져 나라가 크게 약해졌답니다.

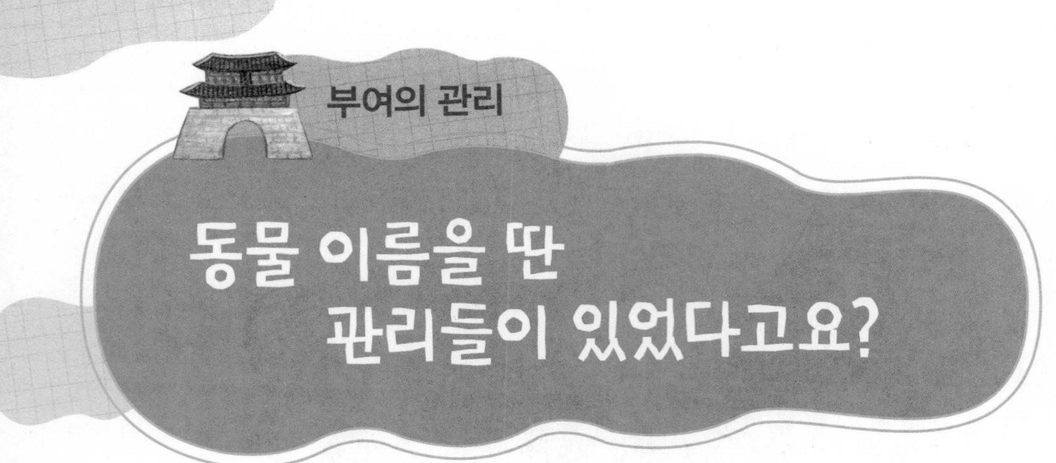

부여의 관리

동물 이름을 딴 관리들이 있었다고요?

부여를 다스리는 관리들은 막강한 힘과 권력을 누린 최고 지배층이었어요. 그런데 그런 관리들을 말, 소, 돼지, 개의 이름으로 불렀다면 믿어지나요?

부여에는 왕의 일을 도와 나라를 다스리는 평의회가 있었어요. 평의회는 마가, 우가, 저가, 구가라 불리는 관리들로 구성되었지요. 그런데 한자로 마가의 마는 말, 우가의 우는 소, 저가의 저는 돼지, 구가의 구는 개를 의미했어요. 부여 사람들은 왜 최고의 관리들을 동물의 이름으로 불렀을까요?

부여에서 말, 소, 돼지, 개는 매우 중요한 가축이었어요. 북쪽 지방에 위치한 부여는 논농사를 지을 수 없었기 때문에 그 대신 넓은 초원을 이용해 다양한 가축을 길렀어요. 가축들은 부여 사람들에게 단백질이 풍부한 고기를 제공할 뿐만 아니라 옷이나 신발을 만들 가죽도 아낌없이 주었지요. 부여에서 가축이란 인간의 삶에 없어서는 안 될 매우 중요한 존재였던 거예요. 이 때문에 나라의 가장 중요한 관리들 역시 가축처럼 중요한 역할을 담당한다는 이유로 동물의 이름을 호칭으로 사용했답니다.

부여의 '가'들은 나라의 군사권, 외교권, 행정권을 모두 가진 권력 집단이었어요. 게다가 왕을 결정하는 권한까지 갖고 있었어요. 가들은 때때로 새로운 왕을 뽑기도 하고, 자연재해가 일어났을 때 그 책임을 물어 왕을 죽이기도 했기 때문에 왕조차도 함부로 대하지 못했다고 해요.

오방신

다섯 방위를 지키는 5총사

청룡

우리나라에는 동, 서, 남, 북, 중앙을 지키는 무적의 5총사가 있어요. 바로 다섯 방위의 신인 오방신이에요.

부여의 관리, '가'들은 동서남북 4곳으로 나뉜 지방을 하나씩 맡아 다스렸어요. 왕과 나랏일을 의논하기 위해 자주 도읍을 드나들었던 가들은 도읍에서 4개의 지역을 오가는 편리한 길이 필요했어요. 그래서 동서남북으로 통하는 넓은 도로를 만들었지요. 이 때문에 가들이 다스리는 지역을 네 방향으로 뻗어 있는 길이라는 뜻의 '사출도'라 불렀어요. 또한 사출도에는 도읍을 중심으로 나라를 네 방위로 나누었다는 의미도 있어요. 우리의 조상들은 예로부

백호

터 동, 서, 남, 북 그리고 중앙의 방위를 신성하게 생각했는데 이는 각 방위를 지키는 신들이 있다고 믿었기 때문이에요.

다섯 방위를 지키는 신인 오방신은 청룡, 백호, 주작, 현무 그리고 황룡으로 이루어져 있어요. 이들은 생김새는 물론 각각 담당하는 방위와 계절이 모두 달랐어요. 먼저 동쪽을 담당하는 청룡은 푸른 비늘을 가진 용의 모습으로 봄을 다스렸고, 서쪽을 지키는 백호는 흰 털을 가진 호랑이로 가을을 주관했지요. 남쪽을 보호하는 주작은 닭, 뱀, 사슴, 용, 거북의 모습을 모두 가진 붉은 새로 여름을 관리했어요. 거북과 뱀을 합친 생김새를 가진 북쪽의 신 현무는 겨울을 담당했어요. 그리고 중앙의 자리에는 이들 모두를 다스리는 황룡이 있었어요.

주작

현무

황룡

우리는 영화나 만화에서 5명의 영웅이 팀을 이루어 적을 무찌르거나 세상을 구하는 장면을 쉽게 볼 수 있어요. 이는 동양 문화에 큰 영향을 미쳤던 오방신이 현대의 이야기 속에 자연스럽게 녹아 있는 것이라 할 수 있어요.

윷놀이의 유래

부여 사람들도 윷놀이를 즐겼다고요?

우리 민족의 전통 놀이인 윷놀이는 주로 설날이나 추석과 같은 명절에 즐겨요. 윷판과 윷만 있으면 언제 어디서나 즐길 수 있기 때문에 윷놀이는 오랜 시간 동안 많은 사람에게 사랑받아 왔지요. 윷놀이는 언제부터 시작된 것일까요?

윷놀이의 유래에는 다양한 설이 존재해요. 먼저 '도, 개, 걸, 윷, 모'라는 윷의 명칭이 부여의 관직 이름인 '마가, 우가, 저가, 구가'에서 비롯되었다는 이야기가 있어요. 앞서 이야기했듯이 마가, 우가, 저가, 구가는 각각 말, 소, 돼지, 개를 의미해요. 돼지는 한자로 '돈(豚)'이라고도 하는데 여기에서 윷놀이의 '도'가 유래되었을 가능성이 있어요. 이와 마찬가지로 마는 '모'로, 우는 '윷'이라는 말로 변했을 수 있지요. 개는 변화 없이 그대로 사용되었던 것이고요. 더 재미있는 사실은 도, 개, 걸, 윷, 모의 이동 단위가 해당 짐승의 크기나 속도를 고려해서 정해진 것일 수도 있다는 거예요. 느린 돼지는 1칸,

돼지보다 빠른 개는 2칸, 개보다 더 큰 소는 4칸, 가장 빠른 말이 5칸을 이동하게 된 것이지요. 이와 같은 설이 사실이라면 부여 사람들도 가족이 모두 모이는 날, 함께 윷놀이를 즐겼을 수 있어요.

한편, 이와 달리 윷판의 모양을 통해 윷놀이가 별자리에서 유래했다는 설도 있어요. 초기의 윷판은 지금의 네모난 모양과 달리 둥그런 형태였어요. 이는 하늘이 둥그렇다고 여겼던 고대 사람들의 생각이 반영된 것이지요. 즉, 둥그런 윷판은 하늘을, 윷판 안에 놓인 29개의 자리는 별자리를 표현했던 거예요. 최근에 이르러서는 윷놀이가 이처럼 별자리에서 유래했다는 이야기도 나오고 있어요.

활쏘기의 명수들

명중! 또 명중이오!

한 발, 두 발, 세 발……. 처음부터 끝까지 한 치의 흐트러짐도 없이 과녁의 정중앙에 화살을 쏘는 남자가 있었어요. 남자는 힘껏 활시위를 당겨 다시 한 번 화살을 빠르게 날렸어요.

"명중! 또 명중이오!"

연이어 열 발을 모두 명중하자 경기를 구경하던 사람들은 남자를 향해 크게 외쳤어요.

"활을 쏘는 실력이 타고난 것이 주몽일세! 주몽이야!"

사람들은 왜 남자에게 '주몽'이라고 한 것일까요? 부여와 고구려에서는 활을 잘 쏘는 자를 주몽이라고 불렀어요. 고구려를 세운 시조 주몽 역시 백발백중의 솜씨를 가지고 있어 주몽이라는 이름을 얻었지요.

중국의 역사책 《삼국지》에 따르면 부여는 집집마다 갑옷과 활, 화살, 칼, 창의 무기를 갖고 있었다고 해요. 집 안에 활과 화살과 같은 무기들을 항상 마련해 둘 정도로 부여는 무예를 매우 중요하게 생각했던 나라였지요. 다른 나라와는 달리 부여의 높은 관리들은 전쟁이 일어나면 직접 전투에 참여했어요. 이를 통해 부여의 높은 관리들은 모두 무예에 능했으며, 또 무예에 출중한 자들이 높은 관직에까지 이르렀다는 사실을 알 수 있지요. 평범한 백성들이 활을 잘 쏘는 사람에게 주몽이라 칭하며 환호했던 이유도 여기에서 찾을 수 있어요. 당시에는 활을 잘 쏘는 사람이 큰 벼슬을 얻어 명예로운 장수가 될 수 있었던 거예요.

이런 까닭으로 부여를 비롯한 고대 국가들에서는 활쏘기 명수 '주몽'이 되기 위해 어릴 때부터 노력하는 사람이 많았어요. 그 결과, 부여뿐만 아니라 고구려, 백제, 신라, 고려, 조선에 이르기까지 한반도에서는 활을 다루는 능력이 뛰어난 장수들이 많이 나왔답니다.

부여의 제천 행사

둥둥둥! 북을 울려라!

둥둥둥! 부여의 하늘 위로 북소리가 높이 울려 퍼졌어요. 12월이 되자 부여 사람들은 하나둘 도읍으로 몰려들었지요. 1년에 한 번 돌아오는 제천 행사 '영고'가 열리는 날이었기 때문이에요.

매년 12월이 되면 부여 사람들은 하늘에 감사하는 제사를 지냈어요. 영고라는 말은 맞이굿 혹은 북을 치며 신을 맞이한다는 뜻이에요. 이름에서 드러나듯 부여 사람들은 북을 치며 하늘의 신을 향해 제사를 올렸지요. 고대 사람들은 북소리에 신비한 힘이 있다고 믿었는데, 둥둥 북을 울리면 인간의 마음이 신에게 닿을 수 있다고 생각한 거예요.

영고는 왕실은 물론 국가의 높은 관리들과 백성들이 모두 참여하는 대규모 행사였어요. 그래서 영고가 진행되는 동안에는 왕과 관리들이 나라의 중요한 문제를 의논하기도 했어요. 특히 부여는 흉년이 들어 한 해 농사를 망치면 그 책임을 왕에게 묻는 풍습이 있었는데 바로 이때, 관리들이 왕을 죽이거나 바꾸는 문제에 대해 의논했을 가능성이 아주 높아요.

부여 사람들은 영고를 맞이해 옥에 갇힌 죄수를 풀어 주기도 했어요. 이 전통은 오늘날에까지 이어져 광복절처럼 나라의 기쁜 날이 되면 '특별 사면'이라고 하여 죄수를 풀어 주는 풍습으로 남아 있어요.

제사와 회의 등 중요한 행사가 모두 끝나면 그때부터는 왁자지껄한 축제가 시작되었어요. 축제는 여러 날 동안 계속되었는데, 부여 사람들은 모두 어우러져 쉬지 않고 먹고 춤을 추며 노래를 불렀지요. 이와 같은 제천 행사는 주변의 다른 국가들에서도 찾아볼 수 있어요. 고구려의 동맹, 동예의 무천 등이 바로 영고와 비슷한 제천 행사예요.

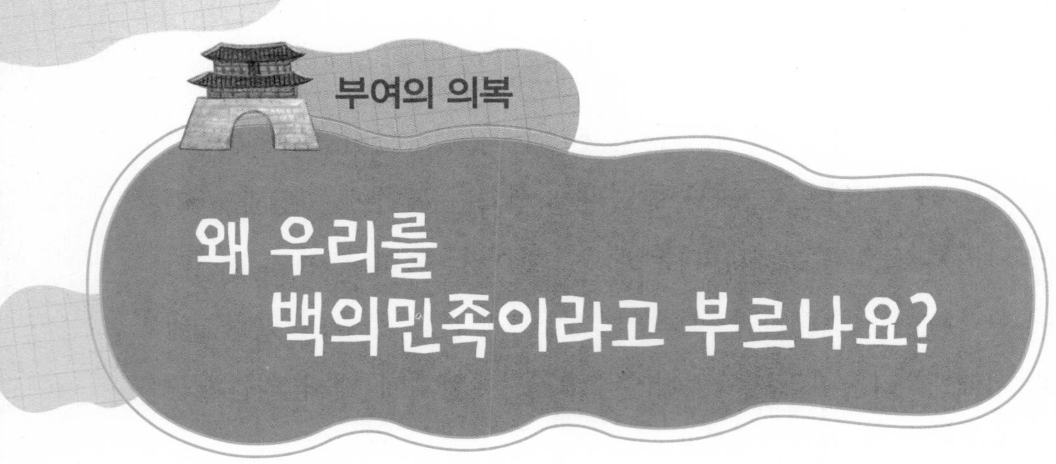

왜 우리를 백의민족이라고 부르나요?

여러분은 '백의민족'이라는 말을 들어 본 적이 있나요? 백의민족이란 흰옷을 입은 민족이라는 뜻이에요. 우리 민족은 예로부터 흰색을 소중히 여기고 흰옷을 즐겨 입는다 하여 다른 나라들로부터 백의민족이라 불렸지요. 이처럼 흰옷을 사랑하는 풍습은 부여 때부터 시작된 것으로 보여요.

부여 사람들은 약속이나 한 것처럼 다들 흰옷을 입고 다녔어요. 이 모습은 중국의 역사책 《삼국지》에도 기록되어 있어요. 부여 사람들은 평소에 흰 베로 만든 소매가 넓은 도포와 바지를 입고 다녔어요. 신발은 가죽으로 만든 것을 신었지요. 특히 장례를 치를 때는 흰색 옷을 입는 것이 죽은 사람에 대한 예의라고 생각해 모두 흰색 옷을 차려입었다고 해요.

"염색 기술이 없어서 흰옷만 입은 것 아닌가요?"

우리의 문화를 깎아내리고 싶어 하는 다른 나라의 학자들은 이렇게 말하기도 해요. 하지만 부여에는 이미 뛰어난 염색 기술이 존재했어요. 이뿐만 아니라 외국에 갈 때면 실크, 모직, 가죽 등으로 만든 옷을 화려하게 입을 만큼 의복 문화가 발달했지요.

우리 민족이 흰옷을 자주 입었던 이유는 밝고 깨끗한 것을 좋아하는 정서를 지녔기 때문이에요. 또한 쉽게 더러워지는 흰옷을 잿물로 세탁하는 기술이 있기도 했지요. 볏짚이나 콩깍지를 태우고 남은 재를 물에 담갔다가 웃물만 떠내 만든 잿물은 천연 세제 역할을 했어요. 이 잿물로 빨래를 삶아 흰옷을 항상 하얗고 깨끗하게 유지할 수 있었답니다.

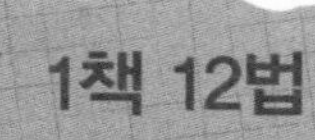

1책 12법

물건을 훔치면 12배를 물어내게 했다고요?

부여의 한 관아에 소를 훔친 죄로 한 남자가 군사들에게 끌려왔어요. 관리는 죄를 지은 남자에게 판결을 내렸어요.

"죄인은 소 한 마리를 훔쳤으니 소 주인에게 열두 마리로 배상하도록 하라!"

이처럼 부여는 도둑질을 한 자에게 물건값의 12배를 물어 주게

했어요. 이를 '1책 12법'이라고 해요. 그런데 이 법은 대부분 부유한 사람들의 재산을 보호하기 위해 쓰였어요. 죄인들은 대부분 가난에 시달리다 못해 남의 물건에 손을 댄 사람들이었어요. 이런 이유로 죄인들 가운데는 12배를 물어 줄 능력이 없는 경우가 많았어요.

부여의 법은 고조선의 8조법보다 더욱 엄격했어요. 두 나라의 법에는 모두 살인을 한 자를 처벌하는 방법이 제시되어 있는데, 고조선의 경우에는 죄인만 사형에 처했어요. 하지만 부여에서는 죄인을 사형한 뒤 그 가족들까지 모두 노비로 만들었어요.

또한 남성 중심의 사회였던 부여는 여자에게 매우 가혹한 법률을 적용했어요. 한 남성이 여러 명의 아내를 두는 일부다처제 사회였던 부여에서는 부인들의 다툼이 자주 벌어졌어요. 그래서 이를 막기 위해 부인이 다른 여인을 질투만 해도 사형에 처할 수 있는 법을 만들었어요. 사형을 당한 부인의 시신은 산에 버려졌는데 만약 가족들이 시체를 거두고자 하면 당시 매우 귀한 재물이었던 소나 말을 바쳐야만 했어요.

이처럼 부여는 매우 엄격한 법을 이용해 백성들을 통제하고 다스리려 했어요. 힘없는 사람의 편이 되어야 할 법이 오히려 부자나 지배자들의 배를 불리는 데 사용되었던 거예요.

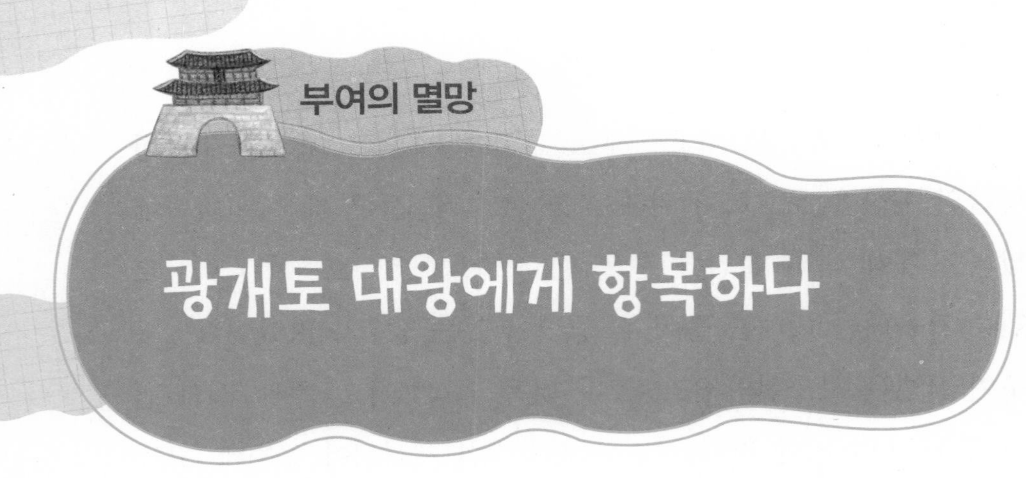

부여의 멸망

광개토 대왕에게 항복하다

'조상 때부터 일찍이 한 번도 적에게 파괴된 적이 없다.'

중국의 역사책 《삼국지》에는 부여에 대해 이렇게 쓰여 있어요. 그러나 한 번도 파괴된 적 없었던 강인한 국가인 부여의 운명에도 어두운 그림자가 드리우고 있었어요.

성장을 거듭하며 세력을 확장하던 부여는 285년, 랴오허 강 상류에서 선비족 출신 모용외의 침략을 받았어요. 수도가 함락되자 부여의 왕 의려왕은 자살을 하고 말았어요. 왕을 잃은 부여의 백성들은 결국 모용외의 포로로 끌려갔지요.

의려왕의 아들, 의라 왕자는 간신히 몸을 피하고 자신이 나설 때를 기다렸어요.

"반드시 부여를 다시 일으켜 세우리라!"

다음 해, 의라 왕자가 부여를 다시 일으켰지만 이미 부여는 예전과 같지 않았어요. 남쪽에서는 고구려가, 서쪽에는 선비족이 부여를 압박하고 있었거든요. 곧 부여는 힘센 두 나라 사이에 끼어 고립되고 말았어요. 그러던 346년, 부여에 또 한 번의 큰 위기가 찾아왔어요.

"전연에서 1만 7,000여 명의 군사들이 쳐들어오고 있습니다!"

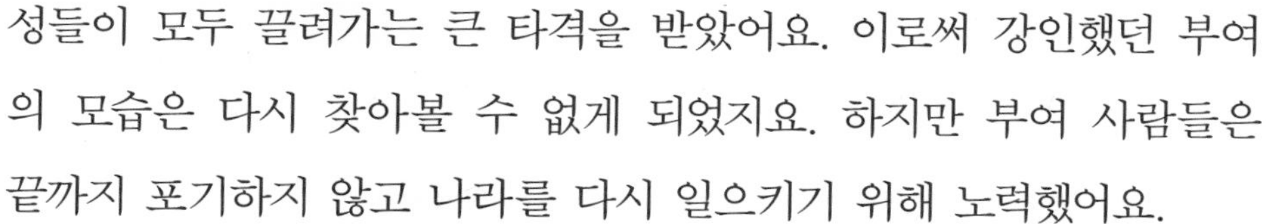

전연의 침략을 받은 부여는 왕과 백성들이 모두 끌려가는 큰 타격을 받았어요. 이로써 강인했던 부여의 모습은 다시 찾아볼 수 없게 되었지요. 하지만 부여 사람들은 끝까지 포기하지 않고 나라를 다시 일으키기 위해 노력했어요.

410년, 고구려 광개토 대왕의 대대적인 정복 사업으로 부여는 또 다시 궁지에 몰리고 말았어요. 부여는 결국 항복을 선언하고 고구려의 지배를 받게 되었어요. 부여 왕실은 고구려의 지배 아래에서 겨우 세력을 이어 가다가 마침내 494년에 역사 속으로 사라졌어요.

옥저

개마고원의 동쪽, 바닷가 나라

고조선이 멸망한 후, 한반도 북부와 만주 남부에는 여러 나라가 존재했어요. 그 가운데 개마고원의 동쪽, 동해 바닷가에 옥저라는 나라도 있었어요. 옥저는 북쪽으로는 부여와 읍루, 남쪽으로는 예맥과 접한 나라로 한반도의 동쪽에 있어 '동옥저'라고도 불렸어요. 또한 두만강을 경계로 남과 북에 각각 중심지가 있어 '남옥저'와 '북옥저'로 구분되었어요.

옥저는 힘이 센 국가들에게 계속 지배를 받았어요. 처음에는 위만 조선의 지배를 받다가 조선이 멸망하자 한사군에 소속되었지요. 이후, 한사군이 사라지자 이번에는 고구려가 옥저를 다스렸어요. 옥저는 왜 다른 나라에게 계속 지배를 받았던 걸까요?

옥저는 다른 나라들이 탐낼 만큼 자연환경이 훌륭했어요. 기름진 땅에서는 여러 곡식이 풍부하게 자랐지요. 또한 바다도 가까워 해산물 역시 풍족했어요. 하지만 정작 다른 나라들이 침입했을 때 이를 막을 만한 힘은 부족했어요. 옥저에 나라를 다스리는 왕이 없었기 때문이에요. 옥저에는 마을마다 '삼로'라 불리는 우두머리들이 있었는데 이들은 그저 마을의 가장 큰 어른 정도에 불과했지요. 이 때문에 옥저는 끝없이 여러 나라의 먹잇감이 되었고, 그들에게 당하는 동안 스스로 성장할 수 있는 힘을 잃고 말았어요.

옥저 사람들은 고구려의 지배를 받은 영향으로 언어뿐만 아니라 음식, 의복, 예절 등이 모두 고구려와 비슷했어요. 그런데 '민며느리제' 풍습만큼은 고구려와 정반대였지요. 민며느리제란 여자가 예비 시댁에서 미리 살다가 성인이 된 뒤, 친정으로 돌아오는 풍습을 말해요. 남자가 여자를 데려가는 조건으로 돈을 내면 그제야 정식으로 혼인이 이루어졌지요. 고구려는 이와 반대로 신랑이 신부 집에 가서 얼마 동안 함께 살다가 자녀를 낳으면 시집으로 돌아가는 '우례'의 풍속이 있었어요.

골장

가족들의 뼈를 한꺼번에 묻은 무덤이 있다고요?

옥저의 한 집에서 아버지가 세상을 떠나자 가족들은 모두 깊은 슬픔에 빠졌어요. 눈물을 뚝뚝 흘리던 가족들은 아버지가 좋은 곳으로 갈 수 있도록 장례 의식을 준비했지요. 가족들은 흙을 파고 아버지의 시신을 땅속에 묻었어요. 그런데 몇 달 뒤, 가족들은 시신을 묻었던 땅을 다시 파헤치기 시작했어요. 어느새 아버지의 시신은 모두 썩어 앙상한 뼈만 남아 있었어요.

땅속에서 아버지의 뼈를 꺼낸 가족들은 커다란 나무 상자 앞에 섰어요. 나무 상자는 어른 열 명이 누울 수 있을 만큼 크기가 매우 컸지요. 상자에 달린 한쪽 문을 열자 상자의 안쪽에 놓여 있는 많은 유골이 보였어요. 미리 놓인 유골은 다름 아닌 먼저 죽은 다른 가족들의 것이었어요.

가족들은 아버지의 뼈를 나무 상자 안에 넣고 그제야 제대로 된 장례 의식을 치렀어요. 그리고 아버지가 좋은 곳에 가기를 바라며 아버지의 모습을 새긴 나무 인형을 상자 옆에 두었지요. 나무 상자 곁에는 이미 5개의 인형이 놓여 있었어요. 나무 상자 안에 5명의 유골이 들어 있었던 것이에요. 가족들은 마지막으로 음식을 담은 항아리를 나무 상자 앞에 두고 아쉬운 발걸음을 돌렸어요.

이처럼 옥저 사람들은 하나의 무덤에 가족들의 뼈를 함께 묻는 매우 독특한 장례 풍속을 가지고 있었어요. 이를 바로 '골장'이라고 해요. 가족들과 함께 장사를 지낸다는 의미로 가족 공동장이라고도 하지요. 옥저 사람들은 골장의 과정이 매우 번거로웠음에도 불구하고 죽은 가족을 위해 기꺼이 수고를 감수했답니다.

동예

남의 땅을 침범하면 벌금을 내는 나라가 있었다고요?

고조선이 조금씩 힘을 잃어 갈 무렵, 주변의 다른 부족들은 조금씩 성장하고 있었어요. 전쟁으로 세력을 키운 부족들 가운데 북부 동해안 지방에 자리 잡은 '동예'도 있었어요. 동예는 기원전 3세기 무렵에 한반도 일대에 자리 잡은 나라로 북쪽에는 고구려와 옥저가, 남쪽에는 진한이 있었어요.

동예는 지금의 강원도 북부 지방에 살던 예족이 세운 나라예요. 옥저와 거리가 매우 가까웠기 때문인지 옥저와 동예, 두 나라 사이에는 비슷한 점이 아주 많았어요. 먼저 나라 전체를 다스리는 왕이 없었어요. 이 때문에 동예의 각 마을은 불내국, 화려국 등 각자 다른 이름을 사용했어요. 이러한 마을을 다스리는 자의 이름이 '삼로'라는 것도 옥저와 같았어요. 또한 동예 역시 고구려의 통치를 받았기 때문에 언어와 풍습이 고구려와 비슷했어요.

동예 사람들은 마을과 마을을 나누는 경계를 아주 중요하게 생각했어요. 그래서 산과 강을 이용해 '내 땅'과 '네 땅'을 나누었지요. 만약 다른 마을 사람들이 은근슬쩍 자기 마을로 넘어와 사냥을 하거나 고기를 잡으면 이를 엄격하게 처벌했어요. 다른 마을을 침범한 사람은 노비나 소, 말을 벌금으로 내놓아야 했지요. 이와 같은 풍습을 '책화'라고 해요.

동예에서는 호랑이를 매우 신성한 동물로 생각했어요. 그래서 매년 10월이 되면 무천이라는 제천 행사를 열어 호랑이 신에게 제사를 지냈어요. 이때 동예 사람들은 밤낮으로 술을 마시고 노래를 부르며 춤을 추었다고 해요.

동예는 중국과 활발히 교역을 하기도 했어요. 동예의 여러 가지 특산물 가운데 박달나무로 만든 활 '단궁', 물고기 가죽 '반어피', 표범 가죽 등이 중국에서 인기가 있었지요.

기원전 2세기부터 기원후 3세기까지 한반도 중남부 지방을 호령한 3총사가 있었어요. 바로 마한, 진한, 변한으로 합쳐서 삼한을 이루었던 정치 집단이에요. 삼한의 '한'은 대한민국, 한민족에 사용되는 '한'과 같은 글자예요. 이는 위만에게 나라를 빼앗기고 남쪽으로 도망 온 준왕이 자신을 한왕이라고 한 것에서 비롯되었다고 해요.

이 시기에 고조선은 위만이 준왕을 몰아내고, 다시 한나라가 위만을 몰아내며 혼란이 계속되었어요. 그래서 고조선 사람들은 이를 피해 남쪽으로 이사를 하는 경우가 많았지요. 이미 금속 문화의 혜택을 많이 받았던 고조선 사람들이 몰려오자 한반도의 중남부에는 큰 변화가 일어났어요. 발전된 철기 문화가 삼한에 전해지기 시작한 것이지요.

삼한은 여러 소국이 모여 이루어진 국가였어요. 삼한의 소국은 정치와 경제를 주도적으로 이끄는 '국읍'과 다수의 '읍락'으로 구성되었어요. 국읍에는 소국의 규모에 따라 신지, 험측, 번예, 살해, 읍차 등으로 불리는 지배자가 있었어요. 삼한에서 가장 세력이 큰 지배자를 신지라 하고, 신지보다 격이 낮은 하급 지배자를 읍차라고 불렀지요.

삼한은 토지가 매우 기름졌어요. 그래서 보리, 콩, 조, 밀 등을 풍부하게 수확했을 뿐만 아니라 따뜻한 기후의 영향으로 벼농사도 지을 수 있었지요. 또, 삼한 사람들은 직접 뽕나무를 기르고 누에를 쳐서 명주실과 천을 만들기도 했어요. 특히 변한 사람들이 만든 옷감은 매우 훌륭해 진한이나 낙랑 사람들에게 인기가 좋았다고 해요.

삼한은 삼국 시대가 등장하는 밑바탕이 되었기 때문에 우리 역사에서 그 의미가 매우 중요해요. 마한은 한강 유역에 있던 백제국을 중심으로 백제가 되었고, 진한은 경주의 사로국이 중심이 되어 신라로 발전했어요. 이후 백제와 신라는 고구려와 함께 삼국 시대를 이루어 찬란한 삼국 문화의 꽃을 활짝 피웠어요.

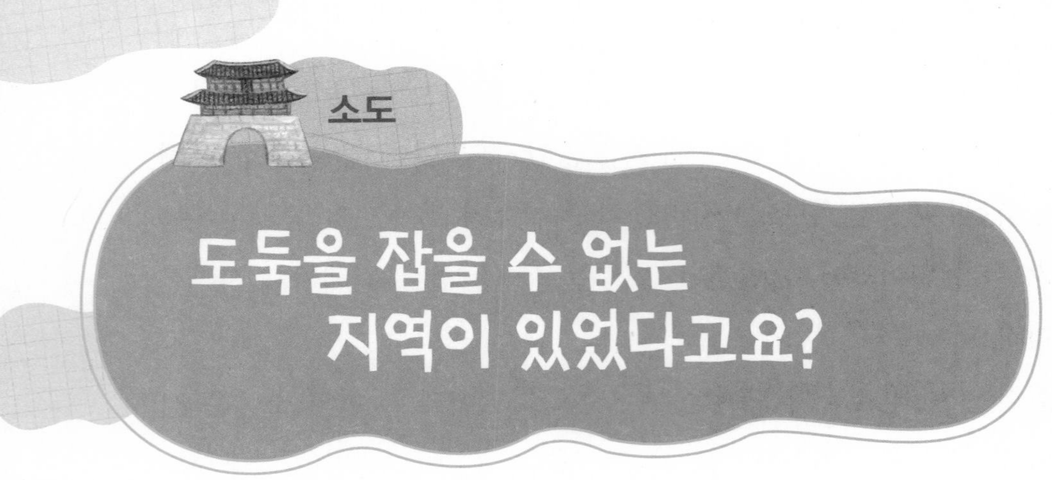

소도

도둑을 잡을 수 없는 지역이 있었다고요?

"도둑이야! 도둑 잡아라!"

도둑이 물건을 훔쳐 달아나자 군사들이 그 뒤를 바짝 쫓았어요. 군사들을 피해 이리저리 도망치던 도둑은 소도 안으로 재빨리 몸을 숨겼어요.

"저기다! 도둑이 소도로 들어갔다!"

군사들이 우르르 소도 안으로 들어서려 하자 이때, 소도를 다스리는 제사장 '천군'이 나타나 앞을 막았어요.

"이곳은 제사를 지내는 신성한 구역, 소도입니다. 군사들은 소도에 들어올 수 없습니다."

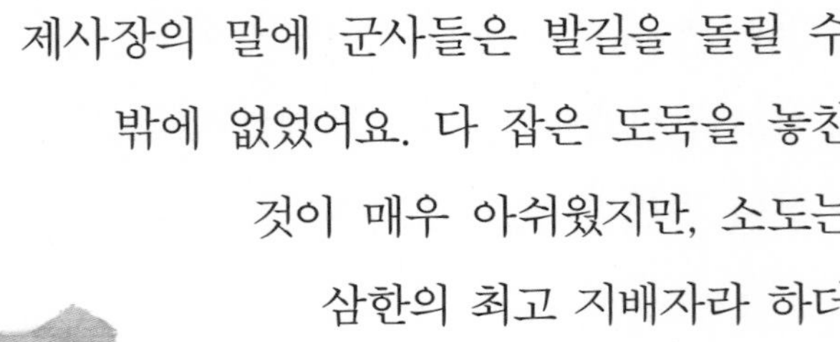

제사장의 말에 군사들은 발길을 돌릴 수밖에 없었어요. 다 잡은 도둑을 놓친 것이 매우 아쉬웠지만, 소도는 삼한의 최고 지배자라 하더

라도 함부로 건드릴 수 없는 특별한 장소였기 때문이에요.

제정일치 사회였던 고조선과 달리 삼한은 종교와 정치가 일찍부터 떨어져 있었어요. 하늘에 제사를 지내는 천군과 정치를 담당하는 족장이 따로 있었지요.

천군은 소도에 살며 제사를 담당했어요. 비록 족장이 다스리는 삼한 안에 살고 있었지만 소도에서 일어나는 모든 일은 제사장의 허락이 있어야만 처리할 수 있었어요. 또, 몰래 숨어든 죄인을 결코 밖으로 내치지 않는 것이 소도의 법도였지요. 이 때문에 죄를 지은 사람들이 군사들의 눈을 피해 소도 안으로 들어오는 일이 많았어요.

소도의 주변에는 신성한 지역임을 알리는 솟대가 세워져 있었어요. 솟대는 장대 위에 새 모양 조각을 앉힌 전통 조형물이지요. 소도에서 처음 시작된 솟대는 점차 한반도 전역으로 퍼져 나쁜 액을 막고 풍년을 기원하는 의미로 마을의 입구마다 세워지게 되었어요.

선사 시대에는 어떤 무덤들이 있었나요?

고인돌

고인돌은 청동기 시대를 대표하는 무덤 양식이에요. 돌 위에 다른 돌을 지탱했다 하여 지탱할 지(支), 돌 석(石), 무덤 묘(墓) 자를 사용해 '지석묘'라고도 부르지요. 고인돌은 전국 각지에 고루 분포하지만, 특히 황해도 지방과 전라도 지방에 가장 많이 있어요.

고인돌은 크게 북방식 고인돌과 남방식 고인돌로 나뉘어요. 북방식 고인돌의 경우, 4개의 넓은 돌판을 'ㅁ' 자 모양으로 세워 무덤 방이라 불리는 묘실을 만들고 그 위에 지붕돌을 올린 모습이에요. 주로 중부와 북쪽 지방에 모여 있어 북방식 고인돌이라는 이름을 얻게 되었지요. 남방식 고인돌은 지하에 무덤 방을 만든 후, 그 위에 돌을 세우고 지붕돌을 얹은 모양이에요. 남쪽 지방에서 많이 발견되었기 때문에 남방식 고인돌이라고 부르지요. 우리가 흔히 떠올리는 'ㅠ' 자 모양의 고인돌이 바로 이 남방식 고인돌이에요.

강화도 부근리 고인돌

돌널무덤

돌널무덤은 고인돌과 함께 청동기 시대를 대표하는 무덤 양식으로 시베리아부터 만주 지역, 한반도 전국에 이르기까지 넓은 지방에 고루 퍼져 있어요. '돌'을 이용해 '널', 즉 관을 만들었기 때문에 돌널무덤이라는 이름이 붙여졌지요. 돌 석(石), 널 관(棺), 무덤 묘(墓) 자를 써서 '석관묘'라고도 해요.

돌널무덤은 돌을 이용해 땅속에 직사각형의 공간을 만들고, 그 안에 시신과 껴묻거리를 묻는 무덤이에요. 지역과 시대에 따라 그 모양이 다양하게 나타나는데 한 개의 돌판으로 벽을 세워 만든 것, 여러 개의 돌판을 이어 붙여 만든 것, 돌판과 돌멩이를 섞어 만든 것 등이 있지요. 다양한 모양만큼 무덤 안에서 나오는 껴묻거리도 각기 달라요. 돌널무덤 가운데 가장 유명한 송국리 돌널무덤에서는 비파형 동검과 돌칼, 돌화살촉 등 최고 지배자의 힘을 나타내는 귀한 유물들이 발견되기도 했어요.

창녕 사창리 돌널무덤

널무덤

널무덤은 땅속에 구덩이를 파서 시신을 바로 묻거나, 나무 관을 이용하여 묻은 무덤이에요. 구덩이를 파고 시신을 묻었다고 해서 흙 토(土), 구덩이 광(壙), 무덤 묘(墓) 자를 사용해 '토광묘'라 부르기도 하고, 나무로 만든 관을 사용했기 때문에 나무 목(木), 널 관(棺), 무덤 묘(墓) 자를 써서 '목관묘'라고 부르기도 하지요. 널무덤은 철기 시대에 크게 유행했으며 주로 평안남도, 황해도 지역과 낙동강 유역 등에서 발견돼요.

사실 널무덤에 사용되었던 나무 관의 존재는 오랜 시간 동안 수수께끼로 남아 있었어요. 나무 관은 땅속에 묻힌 동안 서서히 썩어 없어졌기 때문에 그 무덤이 애초에 시신만 묻은 것인지 아니면 나무 관을 만들어 묻은 것인지 알 수 없었거든요. 그런데 경상남도 창원시 다호리에서 썩지 않은 나무 관이 발견되자 비로소 옛사람들이 나무 관도 사용했다는 사실이 드러났지요.

경주 사라리 널무덤

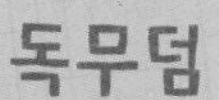

독무덤

독무덤은 '독', 즉 항아리를 관으로 사용해 시신과 껴묻거리를 묻은 무덤이에요. 항아리 옹(甕), 널 관(棺), 무덤 묘(墓) 자를 써서 '옹관묘'라고 부르기도 하지요. 항아리처럼 흙으로 빚은 그릇을 관으로 사용하는 방식은 세계 곳곳에서 흔히 발견되는 장례 문화예요. 우리나라의 경우에는 선사 시대부터 시작되어 청동기 시대와 철기 시대에 크게 유행했지요.

독무덤은 한 개의 항아리를 사용한 단식 옹관, 두 개의 항아리를 이어 붙여 사용한 합구 옹관, 항아리 관을 세로로 묻은 수직 관, 가로로 눕혀 묻은 수평 장 등 그 종류가 매우 다양해요. 독무덤은 어린아이를 묻기 위해 사용된 무덤이라고 보기도 해요. 이는 독무덤의 크기가 대개 60센티미터 정도로 작기 때문이지요. 김해 예안리에서 발견된 독무덤에서 어린아이의 유해가 나온 사실 역시 이 주장을 뒷받침해요. 하지만 어른의 시신도 뼈만 남기를 기다렸다가 다시 장례를 치르는 '세골장'을 치른다면 독무덤을 사용하기에 전혀 무리가 없었을 거라는 의견도 있답니다.

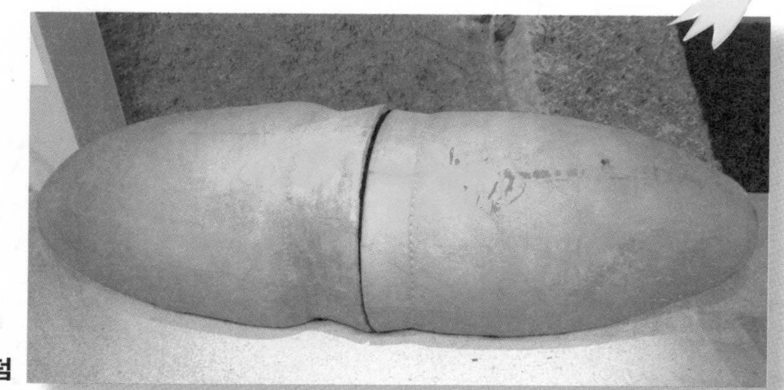

영암 월송리 독무덤

연대표
선사 시대 ·고조선

약 45억 년 전
지구 탄생

약 45억 년 전~5억 8,000만 년 전
선캄브리아대, 원시 생명체 탄생, 캄브리아기 대폭발

약 70만 년 전
한반도에 인류 출현, 구석기 시대 시작

약 1만 2,000년 전
빙하기 종료, 기후 변화

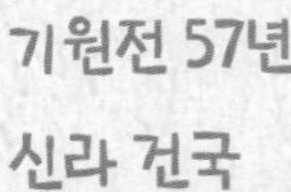

기원전 8000년경
신석기 시대 시작

기원전 5000년경
농사 시작

기원전 2333년
단군, 고조선 건국

기원전 108년
고조선 멸망, 한사군 설

기원전 57년
신라 건국

기원전 37년
고구려 건국

기원전 18년
백제 건국

285년
부여, 모용외의 침략받음

약 5억 8,000만 년

고생대 시작

약 2억 4,500만 년 전

중생대 시작

약 2억
3,000만 년 전

공룡 탄생

약 6,500만
년 전

신생대 시작,
공룡 멸종

약 300만
년 전

최초의
인류 출현

약 258만 년 전

빙하기 시작

약 160만 년 전

호모 에렉투스 출현,
불 발견

기원전 1000년경

청동기 시대 시작

기원전 500년경

철기 시대 시작

기원전
194년

위만,
고조선
왕이 됨

기원전 109년

한나라, 고조선 땅 침범

494년

부여 멸망

사진 협조 기관 및 저작권

이 책에 사용된 사진의 저작권은 아래의 기관에 허가를 받았습니다.
사진 허가를 해 주신 기관에 감사드립니다.

p19. 주먹 도끼 – 국립중앙박물관
p37. 돌괭이 – 국립중앙박물관
p49. 빗살무늬 토기 – 국립중앙박물관
p52. 가락바퀴 – 국립중앙박물관
p54. 갈판과 갈돌 – 국립중앙박물관
p60. 조가비 탈 – 국립중앙박물관
p68. 비파형 동검 – 국립중앙박물관
p72. 잔무늬 거울 – 국립중앙박물관
p82. 농경문 청동기 – 국립중앙박물관
p84. 반달 돌칼 – 국립중앙박물관
p85. 돌낫 – 국립중앙박물관
p91. 민무늬 토기 – 국립중앙박물관
p93. 대롱옥 목걸이 – 국립중앙박물관
p93. 청동 단추 거푸집 – 국립중앙박물관
p98. 쌍두령 – 국립중앙박물관
p98. 팔주령 – 국립중앙박물관
p108. 세형동검 – 국립중앙박물관
p119. 명도전 – 국립중앙박물관
p121. 쇠가래 – 국립중앙박물관
p121. 쇠낫 – 국립중앙박물관
p121. 쇠도끼 – 국립중앙박물관
p170. 고인돌 – Wikimedia commons(Hairwizard91)
p171. 돌널무덤 – 연합 HELLO PHOTO
p172. 널무덤 – 연합 HELLO PHOTO
p173. 독무덤 – 국립광주박물관